大方
sight

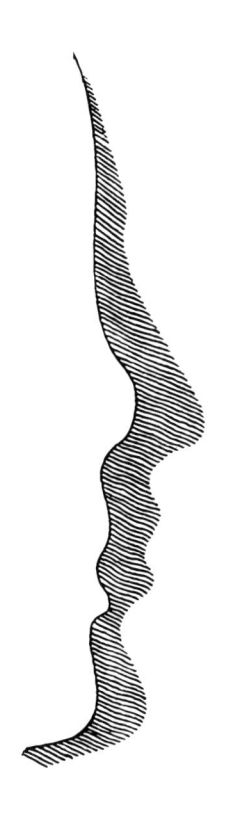

如意故事集

万玛才旦 ◎ 编译

中信出版集团 | 北京

图书在版编目（CIP）数据

如意故事集/万玛才旦编译.--北京：中信出版社，2024.5
ISBN 978-7-5217-6415-4

I.①如… II.①万… III.①藏族—民间故事—作品集—中国 IV.① I277.3

中国国家版本馆CIP数据核字（2024）第036076号

如意故事集
编译： 万玛才旦
出版发行： 中信出版集团股份有限公司
（北京市朝阳区东三环北路27号嘉铭中心 邮编 100020）
承印者： 河北鹏润印刷有限公司

开本：880mm×1230mm 1/32 　印张：6　 字数：88千字
版次：2024年5月第1版　　　　　印次：2024年5月第1次印刷
书号：ISBN 978-7-5217-6415-4
定价：79.00元

版权所有·侵权必究
如有印刷、装订问题，本公司负责调换。
服务热线：400-600-8099
投稿邮箱：author@citicpub.com

代序：一面湖水，又一面湖水

龙仁青

《如意故事集》中，如意宝尸给德觉桑布讲过一个《吐金吐玉的两青年》的故事，故事里提到了一面湖泊：

很久以前，有一个很大的村庄。在村庄的尽头，有一面很大的湖泊。从湖泊中流出的湖水既能灌溉这儿的农田，又能解决人畜的饮水问题。以往，这儿是个令人向往的地方。可是后来，不知从哪儿冒出来了两个残忍的龙魔，住进了湖泊中。这两个龙魔一个是乌龟精，一个是蛤蟆精。自从这两个妖精住进湖中，它们要村里每年给它们献祭一对青年。如果不这样做，这两个妖精就不给村里供水，还兴风作浪，制造各种灾祸，不让百姓安宁……

在这个故事里，两位青年除掉了这两个祸害百姓的妖精，妖精一下变得很小，他们各自吞下两个妖精后，成为了两个可以吐金吐玉的人，他们用吐出来的黄金和白玉济贫扶困，利益民众，即便中途遇到了坎坷和欺骗，依然初心不变。这是一个温暖的故事，也是一个关于博爱仁厚、乐善好施的故事，我在孩童时期就无数次地听过，也给别人讲过。除了这个故事本身，我几乎对故事里提及的这面湖泊从来没有留意过——对我来说，那只是一个伴随着故事一闪而过的地名或意象，根本不重要，如果把它换成其他，比如一条大河或者一座山脉，同样也不会影响我对这个故事的欢喜和记忆。每次想起，故事里的暖意依然会充盈我的心头。

近日重读万玛翻译的《如意故事集》，当我再次与这个故事相逢，我的眼睛却停留在了上述这一段译文上，读着文字，这面没有名字的湖泊开始在我的心里激荡开来，我甚至能够听到浪涛扑向湖岸时炸裂的声音，看到飞溅起的浪花雨点一样一遍遍地洒落在湖岸上，我同样还听到了水鸟在浪涛之上杂乱的鸣唱，看到它们的翅影忽明忽暗地划过湖面。

我就这样读着这段文字，没有让故事行进下去。

我想起了冬格措纳。

冬格措纳同样是一面湖泊的名字，这面湖泊地处青海省果洛藏族自治州玛多县，这里平均海拔 4 200 米。关于这面湖泊以及它的名字，在当地有着许多优美的传说。

万玛电影《雪豹》便是在这里拍摄完成的。

2023 年 11 月中旬，我来到了冬格措纳湖畔，我是来寻找电影《雪豹》的印迹的。

这是一面碧蓝的湖水，被白雪斑驳的群山围拢着。由于周边的色彩过于单调，湖水的碧蓝被衬托得极为显眼，在这满眼的荒芜中呈现出一种不真实的妩媚来。湖水岸边的牧草,在春夏时节得到了湖水的浸润和滋养,比周边的牧草长势葳蕤,甚至显得有些营养过剩,密集地铺泻在岸边。此刻即便已经干枯,依然极为茂盛,颜色也比周边金黄。远远看去,耀眼的金黄环抱着清澈的碧蓝,美不胜收。

沿着湖岸行走,我听到浪涛扑向湖岸时炸裂的声音,看到飞溅起的浪花雨点一样一遍遍地洒落在湖岸上,我同样还听到了水鸟在浪涛之上杂乱的鸣唱,看到它们的翅影忽明忽暗地划过湖面。

与我同行的才多带着我向电影《雪豹》的拍摄主场景走去。

才多是电影《雪豹》的执行制片——从电影《塔洛》开始,他就一直跟随着万玛,参与了万玛此后所有电影的摄制,其间,他担任制片、剧照摄影等工作,也曾客串过一些角色。万玛日常的一些材料、信件的处理,一些事务性工作的接洽等也是由他来完成的。

这里是冬格措纳湖西南侧的山坳,在一座兀立的岩山下,是一家牧人的住所,用就地取材的石头砌造起来的低矮平房坐北朝南,向着前方的冬格措纳湖敞开着,没有围墙,没有院落,有一种整个儿草原都属于自家的大气和霸道。平房的右侧,是羊圈,随着地形随意砌造成一个不规则的圆形,足有三四百平方米,大概能容得下四五百只藏羊。羊圈的东南角还有一座圆形的佛塔,一层一层地叠加起来,呈金字塔状指向天空,高过了牲畜住的羊圈,高过了人住的平房，它是神灵居住的地方。羊圈和佛塔，同样是用就地取材的石头砌造起来的。

在电影《雪豹》里，那座平房，还有羊圈和佛塔，还有在它们面前敞开着，荡漾着的冬格措纳湖，一如现实中的它们一样，忠实地呈现出它们的朴素和平实，自然与宁静。

才多告诉我，他们来到冬格措纳湖畔，原本是把主场景设立在山下另一处地方，当万玛偶尔发现这座牧人的平房，以及紧挨着平房的羊圈和佛塔后，极为喜欢。漫漫行走着，绕这里转了一圈后便决定放弃山下设立的主场景，把主场景搬到这里来。

听着才多说完，看着眼前与自然完全融为一体的景象，我心里便想，那我也绕着这里转一圈吧，如此想着，双脚已经开始移动了。

刮风了，风不断把地上的积雪卷起来，纷乱的雪粉在空中弥漫，迷茫无助地飞旋着，形成了一场与天气无关的大雪。我顶着风雪行走着，自然而然，想起了与万玛一起行走可可西里的一些场景。

2021年5月，我和万玛受可可西里森林公安的邀请，与他们一起踏上了可可西里巡山之路。一路的艰辛自不必说，一路的怡然与快乐却更加记忆犹新。我们白天跟随巡山队员巡山，只要住下来，不论是在有人值守或无人值守的管护站，还是在野外露营，我和万玛总要在荒野上走一走——我们都有糖尿病，我们也都有走路的习惯。有一天，我们到了卓乃湖管护站，住下来时天色向晚，加上下了一场雪,我想今天就不要走了,便靠着床铺上的睡袋躺下了。刚刚躺下,万玛便对我说:"出去走走吧。"

"天快黑了,再说外面地上有雪。"我说。

"没事儿,少走几步。"万玛说。

我便和万玛走出了管护站,绕着管护站,在雪地里走了起来。雪很厚,我自告奋勇地走在前面,回身告诉万玛,让他踩着我踩出的脚印走,万玛答应着,紧跟在我身后。在我们的不远处,刚刚解冻开湖的卓乃湖在逐渐暗下来的天光下闪动着微弱的粼粼波纹——如果是白天,如果我们离湖岸再近一点,我们一定能够听到浪涛扑向湖岸时炸裂的声音,看到飞溅起的浪花雨点一样一遍遍地洒落在湖岸上,我们同样能听到水鸟在浪涛之上杂乱的鸣唱,看到它们的翅影忽明忽暗地划过湖面……

在冬格措纳湖畔,在电影《雪豹》的主场景,我正绕着牧民的住所走着,忽然,我下意识地停下来,转身向后看了一眼。身后空空如也,呼啸的风声里,我听到一只雪雀孤单的鸣叫声,这也是在电影《雪豹》中能够不断听到的环境效果音。不远处,是碧蓝如洗的冬格措纳湖,听不到波涛声,看不到浪花,没听见水鸟的鸣唱,没看到它们的翅影。泪水一下溢出了我的眼眶,背着才多,我失声哽咽起来。

从冬格措纳湖岸返回果洛州府所在地大武镇的路上,我的情绪一直很低落,一路上几乎没有说话。到了酒店,独自躺在床上,思绪依然萦绕在绕着《雪豹》主场景行走的情绪里,忽然想,也许应该往前看看,万玛或许走在前面呢……在那个失眠之夜，往事历历浮现在脑海。

十五六岁的少年时代。我和万玛在青海省海南藏族自治州民族师范学校上学，在那里我们遇见了有"藏族的鲁迅"之誉的端智嘉先生，在他的引领下，我们做起了文学梦。

后来我们各自求学或工作，命运使然，我们总是有着密切的交集。20世纪80年代末，万玛考入兰州西北民大（原西北民院）学习汉藏/藏汉翻译，而我从师范学校毕业后，被分配到青海电台藏语广播，已经开始了新闻翻译工作。我们时常通话，探讨翻译上的一些事儿。20世纪90年代初期，我们初尝文学创作的甘苦，先是用藏语写作，接着开始尝试用汉语写作，而翻译便成了我们从藏语写作转入汉语写作的一种过渡或者自学模式。2000年后，万玛考入北京电影学院，我刚好调入青海电视台开始影视创作。记得当时我给万玛打电话，询问我应该怎么办，万玛建议我到北电学习，于是我在单位请了长假，去了北京，住在万玛租住在北电附近的宿舍里，跟着他一起听课、看书、看电影，还共同完成了一部电影剧本。

《如意故事集》是万玛在兰州学习翻译时的练笔之作。在他之前，已经有几种不同译者的汉译本存世，万玛对此进行了重新翻译，首次出版时，采用了前辈汉译本的书名《说不完的故事》。

《如意故事集》在藏语中的原书名可译为《如意宝尸所讲述的神通故事》，在藏族民间则被简单地称为"米若泽仲"，意为《尸语故事》。这是一本类似西方《一千零一夜》的框架式结构故事集，也有人将这种结构称为连环包孕式结构，故事在一个大的框架内不断孕育出精短的小故事，一个又一个地讲下去，周而复始。这种结构，也蕴含着一种锲而不舍、不断寻找的执着精神。《如意故事集》在藏地以口头和书面两种不同的方式流传，不同版本，故事的数量也不一样，多的有三十多个故事，少的只有十几个故事。万玛的译本中，总计有二十四个故事。

记得我曾问过万玛，为什么要翻译之前已经有前辈翻译过的这本故事集。他回答说，一是想从民间故事的翻译中，学习民间语言，尽力以朴素的汉语表达这本故事集所呈现出的朴素的藏语；二是向影响他走向艺术创作之路的民间文学表达敬意；三是对前辈译文中的一些错讹和瑕疵通过翻译进行完善。

正是基于这样三个目的，万玛重新翻译完成了这本故事集。故事集先后由甘肃民族出版社和青海人民出版社出版，在稍后由青海人民出版社出版的这本故事集上，万玛特意将书名改为《西藏：说不完的故事》，万玛认为，这是他想通过对这本故事集流传区域的强调，增强读者对这样一个有着极强的藏文化元素的故事集的辨识度，继而使西藏以外的人们，通过藏族民间文学了解和接受藏族文化。

《如意故事集》的翻译，对万玛后来的小说和电影创作都留下了至深的影响。《如意故事集》中的"寻找"理念，出现在了他的许多电影和小说作品中，比如，在电影《寻找智美更登》《陌生人》，小说《寻找阿卡图巴》《故事只讲了一半》等中，都表达了那种对即将消失的传统文化、即将逝去的爱情的执着和锲而不舍的寻找和留恋，其间，都能看到《如意故事集》的某些路数和印迹。小说《尸说新语：枪》则完全采用了《如意故事集》的框架与叙事方式，是对这部经典民间故事的完全仿写。耐人寻味的是，万玛在这篇小说中讲述的，不再是一个发生过的过去的故事："以前讲的都是发生在很久很久以前的故事，这次，我要讲一个发生在未来岁月里的故事。"或许，这是一个心怀理想与抱负的有志之士对自己未来的预言。

万玛翻译的《如意故事集》的首篇是《六兄弟》，这是一个关于团结、信任、合作，以及互相帮助和扶持的故事：猎人、医生、画师、相师、木匠、铁匠等不同工种的几个年轻人结为兄弟，他们共同努力，各自成长。在故事的结尾，他们用各自的本领与能力为猎人兄弟重新赢得了生命、爱情和幸福。重读这个故事，浮现在我脑际里的，则是万玛引领下的"藏地电影新浪潮"。"新浪潮"的最初掀起，是万玛动员松太加、德格才让、拉华加等一批喜欢电影的年轻人学习电影，他们先后进入北京电影学院分别学习导演、编剧、摄影、美术、声音、效果等专业，并一同参与《静静的嘛呢石》《撞死了一只羊》等多部电影的摄制。他们的故事，与《六兄弟》的故事何其相似，那同样是团结、信任、合作，以及互相帮助和扶持的结果，是《六兄弟》故事在藏地电影摄制中的现实版。

由万玛编剧，他的儿子久美成列执导的电影《藏地白皮书》的拍摄地点是西藏浪卡子县，那里同样有一面湖泊：羊卓雍措湖。关于这面湖水和它的名字，在当地民间同样有着许多优美的传说。在万玛出事的前夜，他们完成一天的拍摄，从羊卓雍措湖畔的拍摄地返回浪卡子县城时，万玛是否聆听和远眺不远处的羊卓雍措湖？他是否听到浪涛扑向湖岸时炸裂的声音，看到飞溅起的浪花雨点一样一遍遍地洒落在湖岸上，是否听到了水鸟在浪涛之上杂乱的鸣唱，看到它们的翅影忽明忽暗地划过湖面？

万玛童年的村庄，叫昨那，意思是牛鼻子，是因为当地有一座高高凸起的山峰，像一只犏牛的鼻子；他最后离开的地方，是浪卡子，意思是白鼻尖，是因为当地有一座形似鼻子的白色山峰。而鼻子，在藏语中有引领、带头的意思。

《如意故事集》最初出版时叫《说不完的故事》，这是他独立出版的第一部汉语作品，他的最后一部汉语小说集是《故事只讲了一半》。说不完的故事，只讲了一半。

这两部作品，和他最后的电影——《雪豹》《陌生人》《藏地白皮书》，涉及他所有的艺术创作形式——翻译、写作、编导，是他留给世界的凄美绝唱。

"恩重的是父母,难舍的是家乡。"

目录

代序：一面湖水，又一面湖水（龙仁青）　　i

引子　　1

壹　六兄弟　　9

贰　占赛　　17

叁　木匠更嘎　　23

肆　赛毛措和娥毛措　　29

伍　吐金吐玉的两青年　　35

陆　农夫和暴君　　41

柒　报恩　　47

捌　兄弟俩　　55

玖　富人行窃　　63

拾　鸟衣王子　　67

拾壹	穷汉和龙女	73
拾贰	花牦牛救青年	81
拾叁	猪头卦师	89
拾肆	赛忠姑娘	99
拾伍	玛桑雅日卡叉	103
拾陆	修习颇瓦迁魂法	111
拾柒	青蛙和公主	117
拾捌	不说话的姑娘	125
拾玖	诚实的马夫	131
贰拾	牧羊少年	137
贰拾壹	石狮子开口	143
贰拾贰	魔鬼三兄弟	149
贰拾叁	持心姑娘	159
贰拾肆	三位能干的姑娘	165

引子

很久以前，有七兄弟，他们个个精通法术，当地人称他们为"魔法师七兄弟"。

离他们不远的地方住着两兄弟，哥哥叫赛协①，弟弟叫顿珠。哥哥赛协心想："要是能学会这法术，求得一些酥油、糌粑之类的，那该多好啊！"之后，便前往魔法师七兄弟处学习法术。

他在那儿待了三年，但七兄弟每天练习法术时，总是把他打发到很远的地方去劳动，不让他看。赛协虽然过着吃不饱、穿不暖的日子，但他还是硬撑着住了下来。

有一次，弟弟顿珠给哥哥送干粮，住了一天。顿珠是一个聪明、细心的小伙子。晚上，他悄悄地跑到魔法师七兄弟的住处偷听，正好碰上他们在练习法术。顿珠躲在一旁将他们演练的法术从头到尾仔细地看了一遍，便毫无遗漏地掌握了法术的全部秘诀。他回到哥哥赛协的住处，将

---

① 赛协，藏语人名，意为"聪颖"。

哥哥从睡梦中唤醒，说："哥哥，这样待下去不一定能学会法术，何必再吃苦受累呢？咱弟兄俩还是回家吧。"赛协听从了弟弟的话，连夜赶回了家里。

回家后，弟弟顿珠说："哥哥，咱家的马厩里有一匹白骏马，你不要把它带到魔法师七兄弟那儿，带到其他地方卖了吧，再买些东西回来。"说完，他立即走到马厩里变成了一匹白骏马。哥哥走进马厩一看，果然有一匹世上少有的白骏马。他一高兴，便把弟弟的话给忘得一干二净了，得意得合不拢嘴巴。他想："我待了三年都没有学成法术，弟弟却得到了这么一匹骏马，他可真是不简单啊。"但他同时又想："是把这匹骏马卖了好呢，还是把它留作自己的坐骑好呢？"他就这样思前顾后地想了好长时间。

第二天一大早，魔法师七兄弟到赛协的住处一看，见房中空空的，便说："噢，昨晚上我们练习法术时没加防范，肯定被他们兄弟俩偷偷学会，然后逃跑了。"这魔法师七兄弟生性凶残且狡猾，老大说："俗话说得好，牵马的缰绳要长，砍树的斧柄要直，咱们不能把这兄弟俩就这样轻易地放了。无边草原毁于星火，千里之堤溃于蚁穴，如果咱们不把他们兄弟俩斩草除根，肯定会后患无穷，影响咱们的声誉。"

于是，魔法师七兄弟变成七个大商人，用骡马驮着货物，赶往顿珠兄弟俩的住处。赛协虽然名为赛协，其实是个老实憨直的人，他不仅丝毫没有觉察到那七个商人是魔法师七兄弟变的，还将他们请到家里盛情款待。他还想："俗话说得真是没错啊，好人自有好运，你看这买卖竟找上门来了。"魔法师七兄弟一看见拴在马桩上的白马就知道那是顿珠变的,便和赛协讨价还价,最后以一百两黄金成交,牵着马走了。

魔法师七兄弟牵着马边走边聊:"过会儿,我们把这匹马宰了,将它碎尸万段!"说完,又哈哈大笑着。顿珠变的那匹白马虽然不能说话,但心里一清二楚。他想到自己有生命危险,便十分害怕。

到了一条小河边,魔法师七兄弟中的六位哥哥支起锅灶准备烧水,让最小的弟弟在一旁牵着马。顿珠变的那匹白马很着急、很害怕,心都"咚咚"地跳了起来。它趁那牵它的家伙不注意,挣脱缰绳跑了。

魔法师七兄弟看见白马跑了,发出一阵"打打杀杀"的喊叫声追了上去。快被追上时,白马看见河里正游着一条鱼,马上变成一条金鱼,游向河中心。魔法师七兄弟也立即变成七条水獭追了上去。眼看就要被捉住了,那条金鱼看见天上飞着一只鸽子,便摇身一变,变成了鸽子,扇动着翅膀飞向了天空。魔法师七兄弟也马上变成七只鹞鹰追了上去。眼看就要被追上时,那只白鸽拼命向对面半山腰中的一个山洞飞去。

那个山洞里面,龙树大师正在潜心修持。白鸽飞进洞里,现出原形,向大师致以顶礼,并祈求道:"常言说,喜讯上告官人,疾苦禀告上师,食物献给父母,真话说给师傅。无依无靠的我现在被魔法师七兄弟追得走投无路,请大师救救我。"

龙树大师对芸芸众生怀有慈悲心,对这位青年也生起了慈悲心，便说："噢，不搭救无依无靠的可怜人，修习菩提心是无用的，虽然我不务俗事，但你生死攸关，再说七个人欺负一个人，这既不符佛理，也不合俗规，你就变成我念珠上的一颗大珠子吧。"于是，顿珠立即变成了念珠上的一颗大珠子被大师压在拇指下面。

一会儿工夫，魔法师七兄弟变成七个布衣修士来到山洞里，说："喂，老头子，先前飞进山洞里的那只白鸽在哪儿？快交给我们！"

大师微闭双眼，念诵着"六字真言"，没有开口。魔法师七兄弟见状吼叫着说："喂，你是聋子吗？你交不交那只鸽子？如果不交，别怪我们不客气！"说着，他们便变成七条蜈蚣爬到了大师身上。

顿珠见状十分紧张，心想："啊啧，要是为了我伤了上师，那该怎么办啊？"于是，顿珠变成一只大公鸡将那七条蜈蚣一一啄死了。霎时，那七条蜈蚣变成了七具人尸。

这时，龙树大师十分不安地说："啊啧，要了七条人命，这可是很大的罪过呀！"顿珠见状也很不安，他说："大师救了我的性命，为了减轻罪过，报答您的恩德，我可以做您吩咐的任何事。"

大师见状，安慰他说："你也不要过分担忧了，事已至此，再后悔也是没有用的，但你要为这事赎罪。"

顿珠问："我该怎么补过呢？"

龙树大师回答说："你从这儿向西行，翻越数座山，有一个叫寒林坟地的地方。那儿有个如意宝尸，它浑身是宝，上半身由玉石组成，下半身由金子组成，顶髻以白海螺为饰。这殊胜的如意妙果①，能使世人增寿数百岁，财富均等，从此世间没有穷人。你若能取得那如意宝尸，那么你的罪孽也就消除了。"

顿珠听了立即说："这很好办。"

龙树大师听了说："取得那如意宝尸并非易事，并不像背回什么东西来那么简单。在背它回来时，你必须缄口不说话，一旦说了话，就前功尽弃了。"

顿珠发誓要取回那如意宝尸，让世人得到快乐，消除自己的罪孽。

临走时，龙树大师嘱咐道："你到寒林坟地时，许多大大小小的尸体会喊着说'请带我走，请带我走'。你对着它们念咒语，它们就会倒下去。那些不是你要找的如意宝尸。其中有一具尸体不会倒下，会爬到檀香树上说'别带我走，别带我走'。它就是你要找的如意宝尸。你举起月形斧子做砍树的样子，那如意宝尸就会很快爬下树来。然后你把它装入这能够容纳万物的百纳口袋中，用这花绳子紧紧地绑住，吃这酥油糌粑丸子，然后不要说话，日夜不停地往回走。如果你说出一句话，那如意宝尸就会重新飞回寒林坟地，你必须要记住这一点。你有缘来到这德觉山洞，我就赐你一个'德觉桑布'的法名吧。"说完，把那些工具一一交付给了他。

这样，德觉桑布便按大师的吩咐向西行进，一路上排

---

① 如意妙果，指佛教的一种修行成就。

除艰难险阻,最后到了寒林坟地。那儿许多大大小小的尸体喊叫着说:"请带我走,请带我走。"他念了几遍咒语,那些尸体便一一倒了下去。

他走到檀香树下往上看时,那如意宝尸正在树上说:"别带我走,别带我走。"德觉桑布大声说:"我是德觉桑布,龙树大师是我的上师,月形斧子是我的工具,百纳皮袋是装你的口袋,花花皮绳是绑你的绳索,你这僵尸仔细听,是我砍树还是你自己下来?"

那如意宝尸听了吓得赶紧说:"不要砍树,不要砍树,还是我自己下来。"说着乖乖地爬下了树。德觉桑布把它装入百纳皮袋中,用绳子绑好,甩到背上,吃着酥油糌粑丸子往回走。

走了一段路程,那如意宝尸开口说:"喂,缩短日程要有好马,你没有,我也没有,要不就得聊天,这你也会,我也会。要么你讲个故事给我听,要么我讲个故事给你听。"德觉桑布想起大师的话,没有理睬,背着它继续往回走。

如意宝尸又说:"噢,既然你不开口,就让我讲个故事给你听吧。"于是它开始了故事的讲述。

喜讯上告官人　疾苦禀告上师
食物献给父母　真话说给师傅

壹 六兄弟

于是，如意宝尸开始了故事的讲述。

很久以前，有个地方，猎人的儿子、医生的儿子、画师的儿子、相师的儿子、木匠的儿子、铁匠的儿子六个青年结拜成了兄弟。这六青年各自跟随自己的父亲学会了一定的本领，就像是鹰隼学会了飞翔，小鸭学会了凫水，这六兄弟在自己的家乡勤奋不已，平常都聚在一起玩耍。

有天晚上他们商量道："俗话说，'大鹏展翅应尽早，天空无边不畏惧；周游世界趁年少，大地广袤不退缩'，咱们应该趁年轻漫游列国、开阔眼界才是。"如此商量之后，六青年都同意了这个建议。

这六青年个个都是智慧勇敢、说话算数的人。他们按约定的时间走出家门，去闯荡江湖。六兄弟靠自己的本事不愁吃穿，逍遥自在，见到了许多以前没有见过的事物。

一天，他们到了一个岔路口，便又商量道："以前咱们在一块儿看到了许多新鲜的事物，往后咱们各走各的路，三年后在这儿相聚，把自己的所见所闻毫无保留地都说出来。"

这样商定之后,他们每人栽了一棵生命树,并说:"三年后在这儿相聚时,谁的生命树干枯了或谁没有回来,我们都去找他。"之后,他们互相敬礼,各自上路了。

猎人的儿子是一个机智勇敢的青年。他经过许多山谷,最后来到了一片森林中,并看到那儿有一户人家。猎人的儿子看见森林就像是回到了自己的家乡,心里十分高兴。他想:"这儿就是施展自己本领的地方。"便前往那户人家求宿。

那户人家住着一对老夫妇和他们的女儿。这一家三口平时靠采药、打柴过日子,生活十分艰苦。他们见来了一个小伙子,心里很高兴,问道:"小伙子,你从哪儿来,到哪里去?"猎人的儿子也将自己的情况一五一十地告诉了他们,并征得他们的同意住了下来。

这个英俊、聪明、正直、勤劳的年轻人每天去山上打猎,将打到的猎物带回家里,这样他们的日子也渐渐好过起来了。这老两口的女儿不仅长得漂亮,而且有一副好嗓子。她在森林中打柴时唱起歌来,飞鸟都前来倾听她那婉转的歌声;她在江河边洗浴时,鱼儿都停下来偷看她的美貌。老两口将她视为掌上明珠,十分疼爱。

猎人的儿子十分体贴这姑娘,姑娘也十分倾慕猎人的儿子,这样时间长了,他俩便相依为命,谁也离不开谁了。这也正是老两口所希望的,就让他俩成了家,结成了夫妻。

就这样,这漂亮的姑娘从少女变成了一个新媳妇。有一天,她到河边梳洗时,不慎将一枚镶着宝石的戒指掉进了河里,沉入了河底。她虽有些舍不得,但因河水太深,没办法找到,只好作罢了。

那枚戒指随河水冲到了下游。河的下游有一个国王,这天刚巧他的几个随从去河中嬉戏,捡到了那枚镶有宝石的戒指,并好奇地把它交给了国王。

国王看到那枚制作精美的戒指,心想:"这肯定是一位漂亮姑娘的饰物,我必须下一道圣旨招来那姑娘。"便立即召集大臣们说:"喂,诸位大臣,你们都仔细听我的话,今天捡到的这枚戒指是一枚不同寻常的戒指,那么,戴这枚戒指的姑娘也肯定是位十分漂亮的姑娘。我给你们今天、明天、后天三天的时间去把那姑娘给找来,如果找不到那姑娘,别怪王法无情。"

大臣们有些紧张地说:"圣主大王,我们一来不知道这姑娘叫什么名字,二来不知道这姑娘住在哪儿,我们去哪儿找呀?"听到这话,国王十分生气,大声地说:"国王我言出必行,你们无论如何都要找到那姑娘!"

大臣们无可奈何地叹着气,想着该如何找到那姑娘。这时,一个诡计多端的大臣说:"噢,我有办法了,这枚戒指是在河里捡到的,如果我们沿河而上去打听,就能知道是谁丢的。"

国王便派这位大臣前去打听,他逢人便问这枚宝石戒指是谁丢的。当他打听到这枚戒指是那位姑娘的,便立即回宫告诉了国王,并添油加醋地说那姑娘如何如何美丽,如何如何好。国王听后欲火中烧,马上派那个奸诈的大臣带着许多人马到山林边不由分说地将那对年轻夫妇抓起来带到了宫里。老两口见这许多人马带走了自己的女儿和女婿，恸哭不已。

奸诈的大臣将这位年轻的姑娘带到了国王面前。国王一见到这姑娘，便暗自赞叹道："这美人儿确实比仙女还漂亮，和她相比，我的那些妃子们简直跟猪狗差不多！"并生出了立这位姑娘为王妃的想法。他对这姑娘进行了种种诱惑，但姑娘宁死也不改初衷，并说："我有丈夫，我至死都要跟他在一起。"

就像俗话说的"豺狼虎豹，本性难移"，国王见姑娘死活不答应，心里便生出了一个歹毒的念头。他把小伙子提出牢房，带到一条大河边杀死了，将尸体扔进一个洞穴中，用一块大石头堵住了洞口。

这件事唯有姑娘一人不知道，她还每天盼望着自己的丈夫回来。其他人都为这小两口的命运哀叹着，但一时也没有任何办法。

三年后，到了六兄弟相聚的这一天，其他五个青年都来到了从前约定的地方，并把自己的所见所闻讲给大家听。只有猎人的儿子没有回来，他栽下的那棵生命树也已干枯了，他们知道他可能遇到了意外。

相师的儿子推算了一番说，猎人的儿子死在一条河边的一个洞里，并用石头压着。他们便找到了那个地方，但压在洞口的那块大石头太大，谁也搬不动它。铁匠的儿子便用一个很大的铁锤击碎了那块大石头，将猎人儿子的尸体从洞中取了出来。之后，医生的儿子让他服用了能够起死回生的药物，他便复活了。

看见兄弟们，猎人的儿子哭着将自己的经历和心中的悲痛都讲了出来。五兄弟听了也伤心地流出了眼泪，并商量说应该将猎人的儿子那天仙似的妻子设法从国王的手中夺回来。

国王的宫殿平时戒备森严，一般人很难混进去，他们便想着各种各样的法子。这时，木匠的儿子想到了一个很特别的办法，他用木头做了一只大鹏，铁匠的儿子往里面装了一个能够控制方向的机关，画师的儿子在上面涂上各种颜料后，便跟真的一模一样了。

猎人的儿子钻到里面，操纵机关在天空中盘旋了一会儿，便飞向了国王宫殿的方向。这时，国王和他的家眷们正在宫里享用美味佳肴，观赏着歌舞，而那抢来的姑娘被关在一间黑房子里炒青稞。猎人的儿子驾驶着大鹏往下看，却没有看到自己心爱的妻子，可是他听到了一段歌声：

山野里的那些麋鹿，
成双成对地在玩耍；
没有自由的姑娘我，
受苦的日子何时尽。

草原上的那些羊儿，
成双成对地在吃草；
没有自由的姑娘我，
受苦的日子何时尽。

湖面上的那些鸳鸯，
成双成对地在嬉戏；
没有自由的姑娘我，
受苦的日子何时尽。

猎人的儿子听出是自己妻子的声音，便驾驶着木制大鹏飞到窗户跟前，回唱了这首歌：

黑夜虽然降临了，
太阳照常会升起；
太阳升起在东方，
无边暮色自然尽。

天气虽然寒冷了，
春天还会返人间；
青草碧绿花开时，
冬日严寒无踪影。

夫妻虽然分离了，
终有一天会相聚；
只要情深意又长，
夫妻相聚在眼前。

姑娘听到这十分熟悉的歌声将头伸出窗外，看见那神奇的大鹏里面坐着自己的丈夫，既高兴又惊奇，一跳跳到了丈夫身边。他俩便一起唱着歌,驾驶着那木制大鹏,飞回到五兄弟身边。

这时,德觉桑布早已听得入了迷,失声说:"啊啧,太好了!"如意宝尸说了句:"小伙子,你说漏嘴了!""噗哒"一声飞回了寒林坟地。

贰　占赛

由于德觉桑布失口说了话,如意宝尸又飞回了寒林坟地。他一路奔波回到寒林坟地,吓唬了一番,如意宝尸又乖乖地爬下了树。他把它装进百纳皮袋中,用花花绳子紧紧绑住,背在身上往回走。

这时,如意宝尸又开口说:"喂,小伙子,再讲个故事你轻轻松松地赶路不好吗?"听到这话,德觉桑布心想:"上次这个鬼尸体讲的故事,让我上当受骗跑了这么长的冤枉路。这次你说什么我也不上你的当了。"他便紧闭嘴巴走自己的路。

如意宝尸见他不说话,便说:"噢,既然你不愿意说,那么就听我讲吧。"说着,它又开始讲起故事来。

很久以前,有一个叫花盛开的地方,它的四周被檀香木和松树环绕着,鲜花点点,良田万顷,溪水潺潺,十分宜人。这个地方住着一个穷人,由于他机智、勇敢、勤劳,人们都叫他占赛[①]。

[①] 占赛,藏语人名,意为"聪慧"。

这个地方的国王名字也叫占赛。有一天，国王的一个手下对国王说："大王，您的臣民中也有一个叫占赛的人。"国王听了心里感到很不舒服，立即将那个穷人叫到宫里问："听说你的名字叫占赛，是这样吗？"

占赛不知道国王为什么这样问他，便回答说："平常人们都这样称呼我。"

"噢，既然大家都叫你占赛，那么你一定是一个智慧聪明的人，不然是不会这么叫你的。你看！"国王指了指自己脖子上的一块玉继续说，"如果你能在三天之内取走我脖子上的这块命玉，就证明你名副其实，我会把我的王位和财产分一半给你；如果取不到，我会抢了你的房舍、家产、老婆，还要挖了你的眼睛！"

穷人占赛不管怎样乞求，也没能使国王收回成命，正如俗话所说："牛粪不会变成金子，开水不会变成青油"，因而也就答应和国王赌一场。

王宫的前门由四个大力士骑马守着，中门由喇嘛拿着大鼓守着，大厨房由两个男仆守着，小厨房由两个女仆守着，国王将那块命玉戴在脖子上，周围由大臣们守护着。这样布置好之后，国王就放心地入睡了。

第一天晚上没有任何动静，第二天晚上也没有任何动静，到了第三天晚上，那些守卫疲乏得连眼睛都睁不开了。占赛趁这个机会装扮成一个少女，背一桶上好的酒来到了四个骑士的跟前。

四个骑士在这冬日严寒里既寒冷又困乏，想喝点酒祛祛寒、提提神，便问道："姑娘，你这是去哪儿呀？这酒是卖的吗？有没有看见占赛？"

占赛心里想笑但又极力忍住说："占赛？我不知道占赛这么一个人。想买酒就赶紧买吧，我还要到别的地方去卖呢！"

四个骑士买了酒后便喝得烂醉如泥，占赛将他们一一扶到了墙头上，把马拴到了很远的地方。然后他又走到里面将其他的守卫都灌醉了。他在喇嘛们手里的鼓槌上绑上了小刀子，在男仆的袖管里装进两块石头，将袖口紧紧缚住了。

占赛走进小厨房看见两个女仆都睡着了，就在她俩的头发上系了一些麦秸。当他走进国王的寝宫时，那些守卫命玉的随从们由于三天没睡觉，正像死猪般地酣睡着。他将他们的辫子连在了一起。

此时，国王也睡得像个死猪一样，占赛在他的头上套了一个光滑的牛肚子，解下脖子上的命玉，就跑到外面大声喊了起来："我是占赛，我拿了国王的命玉！"一边喊一边往回跑。

国王听到喊叫声惊慌地站起来，摸了摸脖子，发现命玉不见了，便大声喊道："命玉不见了，命玉不见了，快去追！"

他又摸了摸头，觉得光溜溜的像个皮球，就又喊道："啊啧，啊啧，我的脑袋也没有了，快去追！"

吵闹声把随从们惊醒了。他们站起身互相说着别拉我、别拉我，一个劲地围着国王团团转。

小厨房里的两个女仆听到喊叫声也醒来了。她俩在鼓起腮帮子吹火的时候将头上麦秸也燃着了。正像俗话说的"大狗汪汪叫，小狗叫汪汪"，她俩也跟着喊了起来："占赛来了，拿走了国王的命玉，快去追呀！"她俩喊着叫着往外跑时，头上的火更大了。

外面的两个男仆见状，连忙用袖子去扑火，结果装在袖子里的石头将两个女仆的头打破了，鲜血直流。

四个喇嘛嘴里喊着："噢，占赛来了！"他们匆忙地拿起鼓槌敲鼓，结果绑在鼓槌上的小刀子刺破鼓面，发不出声音来了。

四个骑士听到喊叫声知道事情不妙，赶紧用鞭子抽打"马"，但是"马"却纹丝不动。这时，占赛骑着一匹真马飞也似的逃走了。

第二天，占赛将那块命玉拿到国王跟前说："大王，我按您的意思拿到了这块玉，现在是不是……"

国王心里十分懊悔，愤恨地想道："我本想捉弄一下这小子，谁想他竟赢了。"国王一下子翻脸不认账了，愤怒地说："哼！我俩打赌只是让你取我脖子上的命玉，谁让你在我头上套上牛肚子的？来人，把这个坏蛋拉出去斩首！"

占赛听到这话，心里又急又气，心想："看来这国王没安好心。"他就狠狠地将命玉摔到了地上，那国王顿时口吐鲜血，一命呜呼了。

德觉桑布听到这儿，高兴地说："噢，那国王真是活该！"话一出口，如意宝尸说了句："你这倒霉蛋又失口了！""噗哒"一声飞回寒林坟地去了。

大鹏展翅应尽早 天空无边不畏惧
周游世界趁年少 大地广袤不退缩

叁　木匠更嘎

德觉桑布失口说了话，那如意宝尸又飞回了寒林坟地。德觉桑布后悔自己说漏了嘴而引来了这么大的麻烦，又走向寒林坟地。他像以前一样取出月形斧子做出砍树的样子，那如意宝尸便爬下树，钻进了百纳皮袋里。他用花花绳子紧紧地绑住百纳皮袋的袋口，背在身上往回走。走了一段路程之后，如意宝尸又像以前一样讲起了故事。

很久以前，有一个叫更门的小国，国王更昂去世后，他的儿子更君为亡父做了盛大的佛事活动，并请一位活佛超度亡灵，最后经卜卦说父王的亡魂已升入天界。

国王更昂死后，王子更君继承了王位。以前父王的内臣中有一个叫更嘎①的画师，他现在也在国王更君的内臣之中。这个地方有一个木匠也叫更嘎，他的手艺很不错，农民们十分喜欢他。

画师更嘎听说这个地方有一个叫更嘎的木匠，心里很

---

① 更嘎，藏语人名，意为"俱喜"。

不舒服，想道："我是国王的内臣，叫更嘎是名副其实的，一个木匠也叫更嘎这个名字，是有损我的名誉的。"他想除掉木匠更嘎，便想出一个坏主意。

有一天，他写了一封假信扔在宫殿前国王经常走动的地方。一个仆人捡到那封信，交给了国王。国王打开信只见上面写着——

儿更君：

　　我已在天界，正在享受荣华富贵。我想建一宫殿，未找到合适的木匠，请派大木匠更嘎前来。前往天界的具体办法请按画师更嘎所说的。

父更昂

国王更君读了信，更加相信父王的灵魂已升入了天界。他将木匠更嘎唤到宫里，说："先王想在天界建一宫殿，他要你前往。"并将那封信拿给他看。

木匠更嘎一时惊呆了，但他转而想这里面肯定有文章，就问道："尊敬的国王，该怎样去天界呢？"

"信中指明按画师更嘎说的去天界。"说着，国王更君便叫来画师更嘎问具体该怎么办。

画师更嘎严肃地说："噢，要乘着桑烟的'马'去天界。具体是造一座木房，浇上酥油，将木匠的工具放在里面，再用松树枝盖起来，煨一大桑①，奏响各种器乐，乘

---

① 煨桑，藏传佛教祭祀天地诸神的一种仪式，用柏枝燃起烟雾，添加糌粑等桑料，念诵赞辞，祈求保佑。

着桑烟的'马'就可以进入天界。"

木匠更嘎心想:"这肯定是画师更嘎出的坏主意,得想一个解脱的办法。"便说:"就按国王您说的办吧。但前往天界前我还要准备一下工具,再说我自己也是个木匠,这房子就由我在自家的房子后面造吧。这样,少说也需要七天时间。时间一到,我就去天界。"国王也答应了他的要求。

木匠更嘎回到家里便和老婆孩子一起日夜不停地从自己家里挖洞挖到了房子后面的地里,并将洞口掩盖了起来。

国王命令百姓拿来了许多木头和酥油。木匠更嘎在那掩盖起来的洞口周围建了一座木房子。

到了第七天,国王更君领着画师更嘎等大臣将木匠更嘎和他的工具放进木房,点燃了火,奏响了乐器。一会儿,画师更嘎指着滚滚的浓烟大声说:"看哪,看哪,木匠更嘎已乘着桑烟的'马'前往天界了。"这样,大家也就信以为真了。

其实,木匠更嘎等木房燃起火后,就赶紧从早已挖好的地洞潜回家里,藏了整整一个月。

一个月后的一天早晨,他沐浴净身,换上一套白衣服,走到国王跟前说了一通先王在天界如何如何富有、新建的宫殿如何美轮美奂之类的赞美词后,呈上一封早已准备好的信说:"这是先王给国王您的信。"国王打开信读了起来。

儿更君：

近来可好？听说你将国家治理得井井有条，我心里很高兴。你派木匠更嘎前来，宫殿现已竣工，你要好好赏赐木匠更嘎。现需要一画师，请派画师更嘎前来。前往天界的办法如前。

父更昂

国王更君读完信十分高兴，赏了木匠更嘎很多财物。木匠更嘎回到家里，日子过得比以前更好了。他依然为当地的农民做着木匠活，人们更加喜欢他了。

画师更嘎看到这些，心想："怎么事与愿违了？这破木匠不但没有被火烧死，反而得到了许多赏赐的宝物。这么说，乘着桑烟的'马'真的可以进入天界了。"他心里更加憎恨木匠更嘎，但一时也拿他没办法。

这时，国王命令画师更嘎前往天界为新建的宫殿画画，他不敢违抗王命，想着兴许能得到国王的赏赐，答应第二天就启程。

第二天，属民们背来了许多木柴和酥油，国王叫木匠造了一座大木房，将画师更嘎和他的工具放在里面，点燃火奏响了乐器。画师更嘎在熊熊的烈火中叫苦连天，但因乐器的声音太大，谁也没有听见，一会儿就被烧焦了。

这时，德觉桑布失口说了句："他这么快就得到因果报应了！"话一出口，那如意宝尸"噗哒"一声又飞回寒林坟地去了。

牛粪不会变成金子
开水不会变成青油

肆　赛毛措和娥毛措

德觉桑布见如意宝尸因自己失口说话而飞回了寒林坟地，十分后悔，心想："这鬼尸体讲的故事真是太引人入胜了，但这次得想个办法不说话。"他回到寒林坟地，又像以前一样背着如意宝尸往回走。路上，他不停地吃着酥油糌粑丸子不让嘴巴闲下来。他想这是一个不让嘴巴开口说话的好主意，这次这个鬼尸体再也跑不掉了。这时，如意宝尸又讲了一个故事。

从前，有一个国王，他的领地比周边国王的大，他的财富比周边国王的多，他的奴仆像天上的星星一样多，他的牛羊布满了整个草原。虽然这样，但他只有两个女儿，没有将来可以继承王位的儿子。

国王像爱惜眼睛一样爱护着自己的两个女儿，就像俗话说的："孩子自己的好，果子别人的甜"，国王也觉得自己的两个女儿是无与伦比的。大女儿叫赛毛措，小女儿叫娥毛措。这两姐妹不仅貌似仙女，而且异常聪明，再加上性情温和，没有人不喜欢的。

国王为两个女儿找了一个女仆，名叫香达毛。香达毛是个魔女，她表面上老实忠厚，对主子毕恭毕敬，暗地里却使着坏心眼。自从做了两位公主的仆人，她老是恶毒地想着如何杀了两位公主，然后夺取王位。

有一天，香达毛带着两位公主出去玩，来到了湖边。湖水像一面镜子一样清澈透明，她们就站在湖边看水中的倒影谁比谁漂亮。就像是雪山狮子跟看门狗比美，这一比可把香达毛那副奇丑无比的嘴脸给凸现出来了。

香达毛一脸的不高兴，说："咱们还要比谁的碗能漂浮在水面上。"两位公主因年少无知，立即从怀里掏出金碗和银碗抛向了水面，但一眨眼的工夫就沉入水里不见了。香达毛掏出自己的木碗往湖里一扔，就漂浮在了水面上。

赛毛措看见自己的金碗沉入了水底，既害怕父王母后会怪罪自己，又担心别人会笑话自己，一时想不通，跳入了湖水中。娥毛措见姐姐投湖自尽，自己的银碗也沉入湖底不见了，心里既害怕又悲伤，一时不知该如何才好。香达毛乘机将她带到另外一个地方。

赛毛措虽然投入了湖中，但被龙王解救带入龙宫，做了龙太子的妃子，过着幸福美满的日子。娥毛措被香达毛领着到了另一个国王的领地。

这天，国王的宫中热闹异常，男女老少熙熙攘攘，挤成一片，不知在干什么。她俩也挤进人群看热闹。问了问左右，才知道是国王在为自己的三个儿子选妃子。他们把这个地方的少女们召集到王宫前，将一支五色彩带装饰的箭抛向空中,箭落到谁身上谁就是妃子。

当那支彩箭从空中落下之时,许多少女都低着头跑向那支箭,希望箭落在自己身上,但那支箭却不偏不倚地落在了娥毛措的身上。没等娥毛措反应过来,香达毛就一把抢过箭,拿到王宫做了三个王子的妃子。从那时起,娥毛措成了她的仆人,每天天没亮就赶着羊群去放羊。

香达毛因是魔女,她先把大王子给害死了,然后又把二王子也害死了,并吃了他们的心,现在正想着要害死三王子。香达毛每天只给娥毛措一点点炒青稞,因而她老是吃不饱肚子。

有一天,她把羊群赶到了湖边。想想湖那边就是自己的家乡,但又不能回去,心里生出了无限的悲伤之情。渐渐地她又想起了自己的姐姐,就不禁哭了起来。她一边哭,一边唱道:

赛毛措在湖中,
娥毛措在湖边,
香达毛在宫里,
饥饿时谁给我吃食,
寒冷时谁给我衣物,
湖中姐姐赛毛措,
请帮我收拢羊群,
请帮我纺织羊毛。

赛毛措在龙宫听到这歌声,听出是妹妹娥毛措的声音,就给了妹妹许多好吃的,并说:"你不要伤心,苦日子总会到头的。"从那以后,娥毛措天天把羊群赶到湖边,吃姐姐给的食物,和姐姐聊天,高高兴兴地打发掉一天的日子后又赶着羊群回去。

有一天,她把吃剩的东西带回去被香达毛发现了。香达毛打了她一顿,逼问这些食物是从哪儿得来的。娥毛措由于害怕,就如实地说了出来。

这香达毛心如毒蝎,第二天就对娥毛措说:"今天你待在家里侍候生病的小王子,我去放羊。"她随手带上了一把利斧,她是想杀死赛毛措。

娥毛措为小王子洗头梳辫子时,既担心又害怕。她一边梳头一边想:"姐姐今天能不能逃脱那魔女的掌心呢?"这样想着,她因悲伤流出了眼泪,眼泪掉到了小王子的脖子上。小王子问:"你为什么在哭呢?"娥毛措将自己的经历一五一十地告诉了小王子,并补充说:"香达毛害死了两个王子,现在正打算要害死你。"

小王子早就对香达毛存有疑心,娥毛措的一席话证实了他的怀疑是正确的。他和娥毛措密谋后在香达毛的住处挖了一个九层深的洞,在洞口盖上了毡。

下午,香达毛赶着羊群回来后,嘴里不停地骂着娥毛措。她往毡上一坐,一下子掉进了洞里,小王子和娥毛措赶紧命人用土将洞口填平了,并在上面建了一座佛塔。

从此以后,娥毛措做了小王子的妃子,过上了幸福美满的日子。

如意宝尸讲到这儿,德觉桑布禁不住问道:"那魔女有没有伤着赛毛措?"如意宝尸说了声:"你这倒霉蛋又失口了。""噗哒"一声又飞回了寒林坟地。

伍　吐金吐玉的两青年

德觉桑布听如意宝尸讲赛毛措和娥毛措的故事入了迷，忘了龙树大师的嘱咐而失口说了话，如意宝尸又飞回了寒林坟地。他没有办法只好又赶回寒林坟地，将如意宝尸装进百纳皮袋，背在身上，加快脚步往回走。刚走了几步，如意宝尸又像以前一样讲起了故事。

很久以前，有一个很大的村庄。在村庄的尽头，有一面很大的湖泊。从湖泊中流出的湖水既能灌溉这儿的农田，又能解决人畜的饮水问题。以往，这儿是个令人向往的地方。可是后来，不知从哪儿冒出来了两个残忍的龙魔，住进了湖泊中。这两个龙魔一个是乌龟精，一个是蛤蟆精。自从这两个妖精住进湖中，它们要村里每年给它们献祭一对青年。如果不这样做，这两个妖精就不给村里供水，还兴风作浪，制造各种灾祸，不让百姓安宁。

这个村庄的人们没有办法，只好每年忍痛将两个青年献祭给那两个妖精。但是，谁也不愿意把自己的孩子送给两个妖精作点心，他们只好以抓阄的方式决定人选。几年之后,这个苦差事落到了农民的儿子和猎人的儿子头上。两青年按村里的规矩前往献祭,村民们为他俩作了短暂的送行。这两个青年很聪明,也很勇敢,边走边想,不能就这样白白地让妖精吃掉。

来到湖边,发现两个妖精还没到,他俩就爬上一棵大树,隐蔽起来,观察动静。一会儿,从湖中爬出了两个可怕的怪物。待走近之后,他俩才看清一个是乌龟精,一个是蛤蟆精。乌龟精对蛤蟆精说:"喂,老兄,你可不要那样神气!人们是不知道你的要害处,才给你送来美餐的。他们多笨啊,只要拿柏树的枝条抽你的头,你就会完蛋,而且吞了你还能吐出玉呢!"

蛤蟆精听了站立起来,对着乌龟精说:"哼,你不要乌鸦嫌猪黑!咱俩都是一路货!只要拿湖边的石头敲你的脖子,你也会送命,而且吞了你还能吐金子!"

妖精的话全让藏在树上的两个小伙子听到了。他俩互相使了个眼色,农民的儿子拿起柏树的枝条,猎人的儿子拿起湖边的一块扁石头,冲上前去把两个妖精给打死了。

被打死的两个妖精一下子变小了。农民的儿子吞下了蛤蟆精,猎人的儿子吞下了乌龟精。他俩试着吐了吐,确实如两个妖精所说,猎人的儿子吐出了金子,农民的儿子吐出了玉。这下可把他俩给乐坏了,农民的儿子说:"这下咱俩打死了两个妖精,再也不用担心水的问题了,该回家了。"猎人的儿子说:"这么快就回去,村里人会说咱俩变成了鬼。以前,因为太穷,想出去走走都走不成。现在,咱俩有的是财宝,干吗要急着回去呢?何不周游四方增长见识呢?"

这样,他俩离开家乡,翻山越岭,来到了另一个地方。他俩去一家酒店喝酒,喝完酒,吐出金玉付酒钱。酒店的老板娘见此情景,十分惊奇,花言巧语地给他俩敬酒,并让他俩在店里过夜。

到了晚上,老板娘一个劲地给他俩敬酒,他俩也一个劲地喝酒,最后便烂醉如泥了。他俩由于难受呕吐了起来。开始,他俩吐出了许多金玉,老板娘拾了又拾,高兴得合不拢嘴巴。后来,他俩吐出了金乌龟和玉蛤蟆。最后,除了一些酸水,再也吐不出什么了。老板娘一下子明白了他俩能够吐金吐玉全是因为这个金乌龟和这个玉蛤蟆,就叫来女儿,让女儿吞下了玉蛤蟆,自己吞下了金乌龟。

第二天早晨,两个小伙子清醒过来想吐点金玉付房钱和酒钱时,除了一点口水,什么也吐不出来了。这时,他俩才知道自己有了麻烦,并向老板娘说了丢了宝贝的事。谁想老板娘一反常态,怒气冲冲地说:"常言说得好,人不要脸皮是狗,狗没有尾巴是鬼,你们这两个癞皮狗,不但不给我付酒钱和房钱,还想把什么丢失宝贝的事赖到我头上,真是岂有此理!"无奈之下,他俩只好离开。

他俩走到一座森林边上时,发现林中有一个人爬上一棵树,摘了一朵黄花往自己身上抹了抹,就一下子变成了一只猴子。那只猴子敏捷地爬到树枝上饱食了一顿果子,摘了一朵红花往自己身上抹了抹,又变成了原先那个人。于是,他俩也摘了一朵黄花和一朵红花,学会了把人变成猴子，又把猴子变成人的法术。

他俩在外面闯荡了几年，不仅大开了眼界，而且学会了许多本领，于是就动身返回家乡。

途中，他俩又去了那家酒店，老板娘让自己的女儿去接待他们俩。他俩想起以前这个酒店的母女俩使了坏心眼，就用那朵黄花往老板娘的女儿身上抹了抹，老板娘的女儿一下子变成了一只猴子在酒店里蹿来跳去。

老板娘进来时只看见一只猴子，自己的女儿却不见了。她一下子就认出了这两个人，心想："这两个人肯定掌握了什么非凡的法术。"就向他俩哀求。这时，两个小伙子说："马儿跑多了有时会陷入泥淖，蚂蚁跑多了有时会被树胶粘住。有道是天外有天，人外有人，赛马走平川，说话要讲理，老板娘你也是个明白事理的人，这些年你也该知足了吧！"

听到这话，老板娘羞红了脸，吐出了金乌龟，变成猴子的女儿也吐出玉蛤蟆交给了两个小伙子。这时，农民的儿子用那朵红花往那只猴子身上抹了抹，那只猴子又变成了老板娘的女儿。

两个小伙子带上宝贝，回到家乡，过着幸福的生活。

说到这儿，德觉桑布失去了警惕心，失口说："噢，他俩确实是一对好青年！"话一出口，如意宝尸说了句："你这倒霉蛋又失口了！""噗哒"一声飞回了寒林坟地。

马儿跑多了有时会陷入泥淖
蚂蚁跑多了有时会被树胶粘住

陆　农夫和暴君

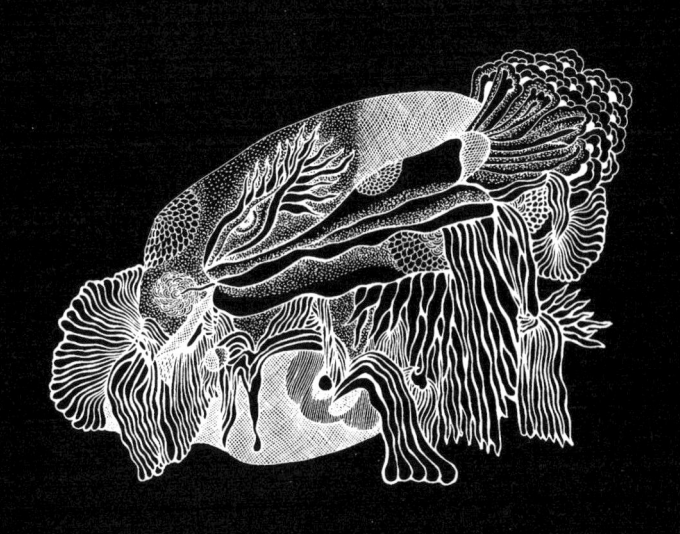

德觉桑布急匆匆地返回寒林坟地,将如意宝尸装进百纳皮袋中,用花花绳子缚紧,背在身上喘着粗气往回走时,如意宝尸开口说:"喂,小伙子,你这样气喘吁吁地赶路是何苦呢?我还是讲一个故事给你听吧。"说着又讲了一个故事。

很久以前,在一个叫哲玉的地方有一个贫穷的农夫,他虽辛辛苦苦地种田,给别人干活,但因国王的赋税太重,日子依然很艰难。

这一年,发生了一场罕见的旱灾,几乎颗粒无收,但国王的赋税反而加重了。农夫已无力上交赋税,国王就说:"既然你不能按期上交赋税,就不要在我这儿待下去了,滚到别的地方去!"并封了他的家。

贫穷的农夫无家可归,只好流落他乡。由于国王封了他的家,临走时连个糌粑口袋都没能带上。他的心里虽然很悲切,却又无可奈何。他走啊走啊,最后走到了一个荒无人烟、野草丛生的地方。由于几天没有进食,再加上酷热难当，他觉得精疲力竭，头晕目眩。他步履蹒跚地往前走时，突然发现了一具马尸。走到近处一看，除了马头上有一点点肉之外，马尸上的肉早被啃光了。为了充饥，他背起马头继续往前走。最后，他来到了一棵多罗树旁，爬上去藏在树枝间。

太阳落山，夜幕渐渐降临，天空乌云翻滚，下起了倾盆大雨，时而伴着滚滚的雷声，十分吓人。这时，从不远处来了一伙骑花马、戴黑帽的人。他们聚到那棵大树下面，边吃边用一种听不懂的语言谈论着什么。他想："这肯定是一群魔鬼，要不谁会来这么荒凉的地方呢？"这样想过之后，觉得十分害怕，一不小心，马头从他手中掉了下去。那伙人看见从天上无缘无故地掉下了一个马头，吓得魂飞魄散，哭喊着四散而逃，一瞬间便无影无踪了。

第二天早晨，当农夫爬下树时，看见了一个斟满美酒的金碗。他口渴难忍，就一口喝光了金碗里的美酒。一会儿之后，他又想："要是有酥油糌粑和肥美的肉吃那该多好啊！"刚刚想过，金碗里便盛满了肉和糌粑。

吃饱喝足之后，他觉得体力恢复了。他高兴地想着："没想到这金碗是个如意宝物。"装进怀里继续往前走。

从那时起，他就再也不怕饿肚子了，但又十分担心会碰上盗贼。他总是担心地在想："我的这个如意宝碗要是被盗贼抢走，那该怎么办呀！"就这样，他在提心吊胆地往前走时，遇上了一个手持棍棒的人。开始，他在提防着这个人，但经过交谈，他知道了这个人也是因为交不起国王的赋税才流落他乡的，就放心了，两人变得十分亲近起来。

农夫说:"为了避开盗贼,咱俩最好是昼伏夜行吧。"手持棍棒的汉子说:"你用不着害怕盗贼。如果遇上盗贼,抛出我手中的棍棒就会缠住对方的脖子而将其置于死地。由于我的家乡发生了旱灾,再加上国王的赋税繁重,这年头我最担心的就是讨不到饭吃,我们还是白天行路吧,这样去讨饭也方便。"

农夫便说:"吃饭你不用担心,你想吃什么就有什么。"说着从如意宝碗里取出各种美食让那汉子尽情享用。那汉子吃饱喝足之后,十分高兴,便和农夫结拜成了兄弟。

走了一段路程之后,他俩又遇到一个背着铁锤的人。他俩便问:"你去哪儿呀,你这铁锤有什么用途?"那人回答说:"我是出来讨饭的,我这铁锤可非同一般,用这铁锤在地上敲打九下,地上就会竖起一座九层高的铁宫殿。"农夫从如意宝碗里取出各种食物让那人享用。那人吃饱喝足之后,十分高兴,也和他俩结为了兄弟。

走了一段路程之后,他们遇见了一个背着山羊皮的人。他们问:"你这是去哪儿呀,你这山羊皮是做什么用的?"那人回答说:"家乡遭了大灾,为了活命,我是出来讨饭的。我这山羊皮可非同一般,轻轻地抖动会下小雨,用力地抖动会下暴雨。"农夫从如意宝碗里取出各种食物让那人尽情享用。那人吃饱喝足之后,十分高兴,和他们结为了兄弟,一同前行。

由于他们成了同甘共苦的好兄弟,便商量着如何报复那个残暴的国王。最后,按农夫的建议,他们在夜半时分来到国王宫殿的后面，用铁锤在地上敲了九下，就竖起了一座九层高的铁宫殿。

第二天，太阳刚刚升起之时，一个大臣在外面散步时看见了国王宫殿后面的那座九层铁宫殿，一下子惊呆了。他跑到门口仔细地往里看时，发现里面住的竟是原先那个贫穷的农夫，就赶紧跑回去把这个情况告诉了国王。

国王一听，暴跳如雷，怒骂道："奴才吃饱了就想造主人的反！赶快带兵去把那宫殿烧了！"国王派去的官兵们用木炭将那座宫殿围住，点燃了火，一会儿工夫便燃起了熊熊的烈火。农夫在宫殿上轻轻抖动山羊皮，下起了细雨，一会儿工夫就将大火熄灭了。

国王见状十分害怕，命令道："赶紧用铁锤子和铁钳子拆了宫殿！"国王的官兵们拿着铁锤子和铁钳子冲向宫殿时，农夫使劲地抖动山羊皮，下起了倾盆大雨，把那些官兵们全冲走了。

国王非常害怕，心想一定要消灭这个家伙，就和大臣们一起穿上盔甲，手持弓箭，将宫殿紧紧围住，向农夫不停地射箭。农夫见状，不慌不忙地将那根神奇的棍棒抛向国王。一会儿工夫，残暴的国王和他的大臣们就被那神奇的棍棒缠住脖子而一命呜呼了。

讲到这儿，德觉桑布失口说了声："那贫穷的农夫总算报了仇！"话一出口，如意宝尸又"噗哒"一声飞回寒林坟地去了。

赛马走平川

说话要讲理

柒 报恩

上次讲的那个故事使德觉桑布失口说话而让如意宝尸飞回了寒林坟地。这次，他又辛辛苦苦地赶回寒林坟地背起如意宝尸就往回走，并发誓决不开口说话。走着走着，如意宝尸又讲了一个故事。

很久以前，在一个十分偏僻的地方有一个差巴①名叫婆罗门子，他的领主是个贪得无厌的家伙，每年的差税多如牛毛，数也数不清。差民们穷得揭不开锅，只有影子与之相伴。

由于差税过重，差巴婆罗门子只得流落他乡。他将家里一些值钱的东西处理掉，买了一头毛驴和两卷氆氇逃生去了。虽说"恩重的是父母，难舍的是家乡"，但为了生计，他只好离乡背井，翻越许多高山峡谷，离家越来越远了。

一天，他在途中看见许多孩子捉住一只老鼠，在它脖

---

① 差巴，藏语，指旧时没有耕地，租借领主田地生活的农民。

子上拴上细绳,又拉又拽,并说要活剥它的皮。他看见那只老鼠害怕得发抖,就想起以前领主欺负他的情景,心中不由生起一股悲悯之情,说:"孩子们,你们为什么要折磨这么个小老鼠呢?放了它吧。"

孩子们说:"这与你有什么相干呢?"没听他的劝告。

他又说:"那么拿我的这卷氆氇换怎么样?"孩子们听了很高兴,放了老鼠,拿着氆氇走了。

走到一个路口时,他又看见许多孩子捉住一只小猴子让它玩把戏。小猴子不会玩把戏,孩子们便用皮鞭抽它。小猴子跳来跳去发出尖叫声。这时,他又想起自己以前被领主用皮鞭抽打时的情景,心中不由生起一股怜悯之情,拿一卷氆氇换了这只小猴子,然后把它放回到森林中去了。

走到一个城镇的十字路口时,他看见许多猎人捉住一头小熊,用棍子抽它,准备驯服它,让它表演节目。这时,他又想起自己以前受苦受难的情景,不由得说:"我用这头驴换你们的小熊可以吗?"猎人们高兴得立刻就答应了。

他将毛驴交给对方,将小熊牵到森林里放了。这样,他就真的成了一个只有影子与之相伴的穷光蛋。

天快黑时,他走到一户官人家门口,想讨点食物充饥。这时,官人的管家偷了一捆绸缎跑出来时撞上了女主人。管家就将绸缎扔到差巴的跟前,贼喊捉贼地指着差巴说:"是这个人偷的!是这个人偷的!"闻声赶来的人们不由分说将差巴抓起来,送到了官人面前。官人不分青红皂白,怒气冲冲地说:"这个人坏了我的规矩,把他装进皮囊扔到河里去!"这样,这个差巴真的被扔进了河里。

装他的皮囊随河水漂了很长一段时间后,才被河边的一棵大树挡住了。他想:"这次不是淹死,就是饿死,要么会活活憋死,反正难逃一死。"心中不由得涌上了一股悲伤之情。

这时,一只老鼠到河边觅食,看见了装他的皮囊,就在上面咬了个小洞。恰巧他的眼睛就在小洞的位置,一眼就看见了那只老鼠。那只老鼠也一下子认出是自己的救命恩人,就跑到河边发出"吱吱"的叫声,把小猴子和小熊也召来了。原来这三个小动物成了患难与共的好朋友,正在四处寻找救命恩人准备报恩呢。三个小动物一齐咬破了那个皮囊,救出恩人,将他扶到了一块石板上。然后,它们又去采来野果让他吃。

那天晚上,小熊看见远处有个东西在闪着亮光。小猴子跑去看,是一块鹅卵石大小的如意宝贝,就献给了差巴。他高兴地对着宝贝祈祷了一番之后,眼前出现了一座四周被树林环绕,里面应有尽有的楼房。这样,他和三个小动物就住进了楼房,过着幸福的生活。

有一天,一个商人来到了这儿。这个商人叫热巴巾,是差巴的一个老相识。热巴巾看见自己的这个穷朋友这么发达了,暗暗想道:"以前,这个四处流浪的穷差巴连口饭都讨不到,现在怎么突然住进了这么宽敞的楼房,过起了这么阔绰的生活,真是太奇怪了。"这样想过之后,他就三番五次地向差巴打问是怎么回事,差巴就把这一切一五一十地告诉了热巴巾。

热巴巾听后心生歹念,说:"喂,老朋友,你在享受着这样的荣华富贵,已经很不错了,但是你看看我,我还在天天奔波吃苦。你能不能把那宝物借我一下,让我也分享分享?"

差巴是个富有同情心的人,经不住别人的央求,放不下面子,就将如意宝物交给了热巴巾。热巴巾将如意宝物拿回家里,当晚就对着如意宝物一边磕头一边祈祷道:"让我拥有无尽的荣华富贵吧!"祈祷完毕,如意宝物便将其他地方的财物全都聚集到商人家里了。

早晨,睡在锦缎被窝里的差巴还在梦中时,感到身子底下很坚硬、很难受。当他醒来时,发现周围的一切都不见了。自己睡在以前的那块石板上。他又像以前一样成了一个一文不名的穷人了。

有一天,小熊、小猴子和小老鼠看见恩人又在乞讨,就问道:"恩人,你怎么变成这个样子了?"他就将发生的一切告诉了它们。它们听了很气愤,说:"热巴巾是个不诚实的人,嘴巴甜如蔗糖,内心恶似毒刺,他怎能将茶水之恩以白水相报呢?我们去讨回如意宝物!"

热巴巾的家已经变成了一座深宅大院,道道大门紧闭着,谁也进不去,谁也不知道热巴巾到底藏在什么地方。于是,小老鼠钻进去看时,发现热巴巾正在一间窄窄的房子里睡觉,如意宝物在粮仓中的一杆彩箭上,旁边由一只猫守着。

小老鼠回去对两个好朋友说明了情况。小熊说:"咱们没办法取回宝物了，还是回去吧。"小猴子说："我有办法！小老鼠，今晚上你去咬断热巴巾的辫子，这样我们就可以取回如意宝物了。"那天晚上，老鼠溜进去，趁热巴巾睡熟的时候咬断了他的辫子。

第二天早上，热巴巾醒来看见自己的辫子被咬断了，十分恼火地说："该死！昨晚该死的老鼠把我的辫子给咬断了！若不小心，这老鼠还会把剩下的这点头发也会咬掉的，今晚得让猫守在我的身边。"到了晚上，他就把猫拴在了自己的枕边。

晚上，小熊和小猴子守在门口，小老鼠进去偷宝物。由于没有猫，小老鼠很快就进了粮仓，来到了拴着宝物的那杆彩箭跟前。宝物被拴在竖起的彩箭顶上，小老鼠试了几次都没能爬上去，就灰心丧气地回来将情况告诉了两个朋友。

这时，小熊又说："咱们没有办法取回宝物了，还是回去吧。"小猴子想了想说："有办法了！小老鼠你进去用爪子刨彩箭底下的粮食，彩箭就会自己倒下来的。"

小老鼠又溜进去按小猴子说的掏空了彩箭底下的粮食，那彩箭便倒下了，宝物也滚落下来了。但由于小老鼠力气太小，怎么推怎么拉也无济于事，搬不动宝物，就又灰心丧气地回来将情况告诉了两个朋友。

这时，小熊又说："咱们没办法取回宝物了，还是回去吧。"小猴子想了想后对小老鼠说："有办法了！在你的尾巴上拴上一根细绳子，你进去后紧紧地抱住那宝物，我在外面拉就能拿到宝物。"这样，它们果然拿到了宝物。

小猴子将宝物含在嘴里骑在了小熊背上，小老鼠钻进小熊的耳朵里。它们就这样走着走着来到了一条河边。当小熊背着它们渡河时，突然骄傲地想道："我背着猴子、老鼠和宝物，真是力大无比啊！"这样想过之后，它就问："我是不是力大无比啊？"这时，小老鼠正好睡着了，没有吭声。小猴子嘴里含着宝物，怕一张嘴宝物会掉进水里，也没有吭声。

这下可把小熊给气坏了，吓唬说："你俩不理我，我就把你俩扔进河里！"小猴子信以为真，开口说："不要扔进河里！"话一出口，那宝物便掉进河里不见了。

过了河，小猴子埋怨起了小熊。小熊灰心丧气地说："现在没办法了，还是回去吧。"这时，小老鼠说："还是再想想办法吧。"说着，在河边跑来跑去，发出"吱吱"的叫声。

它的叫声引来了河里的许多动物，它们问："小老鼠你这样急匆匆地跑来跑去，发生了什么事啊？"小老鼠说："你们难道没听说吗？这里马上要来一支既能在地上又能在水里作战的军队！"

河里的动物们担心地说："那该怎么办呢？"小老鼠回答说："没有别的办法！只有用河中的石头在水陆分界线上筑一道高墙，才能挡住敌人！"

这样，水中的动物们搬石头，小老鼠砌墙，干了起来。墙筑到半人高时，一只大青蛙搬来了如意宝物，说："这块石头真重啊！"得到宝物后，小猴子夸赞说："小老鼠真聪明！"

这样，小猴子将宝物含在嘴里，骑在小熊背上，小老鼠躺在小熊的耳朵里，急匆匆地赶了回去。

当它们赶到差巴的身边时，他快要饿死了，它们就将宝物献给了他。差巴高兴地说："你们辛苦了！谢谢你们！"然后对着如意宝物祈祷了一番，又得到了比以前更加宽敞的楼房。房子里面应有尽有，周围鸟语花香，十分宜人。

之后，差巴对着如意宝物祈祷道："我是一个光棍汉，但愿我能得到一个贤惠善良的妻子！"祈祷完毕，一位天仙似的姑娘出现在了他的眼前。

这时，德觉桑布失口说："怎么，动物也知道报恩啊？"话一出口，如意宝尸"噗哒"一声又飞回了寒林坟地。

捌　兄弟俩

德觉桑布由于失口说了话而感到十分后悔,但他又不得不回到寒林坟地背回如意宝尸。走到半路上,他又一次在心中暗暗地发誓道:"这一次,说什么也不开口了!"过了一会儿,如意宝尸又讲起了一个故事。

古时候,有个国王,他有两个妃子:大妃子叫尼玛赤吉,小妃子叫达娃赤尊。两个妃子各生了一个儿子,尼玛赤吉的儿子叫尼玛沃赛,达娃赤尊的儿子叫达娃沃赛。两个妃子明争暗斗,各自将对方视为仇敌;她们的两个儿子却如一母所生,要好得不能分开。

后来,尼玛赤吉病死了,达娃赤尊很高兴,成天谋算着如何除掉尼玛沃赛。她狠毒地想:"要是不除掉尼玛沃赛,等他长大了,我的儿子达娃沃赛就不能得到王位!"

一天,她装作病得很重的样子,躺在床上不停地呻吟着。国王听说她病了,担心自己又会失去一个妃子,显得痛苦不堪。于是,他请来医生治疗,请来法师作法,但都不见好转。

国王就问:"你得的这是什么病呀?怎么才能治好你的病啊?"达娃赤尊显出十分可怜的样子,说:"大王,我的病没法治了!就算能治,也只有一个法子。只怕大王您不肯,就是肯也不能这样做啊!还是让我死了算了!"国王立即说:"要是能治好你的病,就是舍弃王位,我也心甘情愿!"达娃赤尊狡猾地说:"大王,我相信您说的话,但还是请您发个誓吧,这样我才可以放心地告诉您。"国王就以佛、法、僧三宝的名义起了誓。

达娃赤尊见国王发了重誓,便说:"尼玛沃赛和我命中相克,只有吃了他的心,才能治好我的病!"

国王虽然舍不得杀自己的儿子,但又不敢拒绝达娃赤尊。再说,他已发了重誓,就像俗话说的"脱缰的马可以捉回,说出的话无法收回",只好答应拿儿子的心来治她的病了。

不料,他俩的这番谈话全让达娃沃赛给听到了。他立即赶到尼玛沃赛的住处,一字不漏地告诉了他。尼玛沃赛感到很吃惊,和弟弟商量了一番后,决定离开这儿,逃到别的地方去。到了晚上,他俩在佛堂里偷了一小袋供品,趁着十五的月色,离开王宫,逃往东面去了。

走了九天九夜后,他俩来到了一条没有水源的山沟里。这时,供品已吃完了,再加上口渴难忍,他俩就倒在路边走不动了。哥哥说:"你待在这儿别动,我去找水。"之后,哥哥咬着牙在附近找了好长时间,还是没有找到水。当他返回时,弟弟因口渴难忍昏了过去。他以为弟弟已经死了,就十分伤心地哭着说:"但愿下辈子咱俩还能够生活在一起。"最后,他将昏迷的弟弟抬到一棵树底下用石头围起来后走掉了。

尼玛沃赛翻越了两座山,来到了一个有着朱红大门的山洞前。他上前敲了敲门,里面便走出了一个头发像羊毛般洁白,眼睛像松耳石一般发绿,嘴里没有一颗珍珠般的牙齿的老仙人,问道:"可怜的孩子,你从哪里来?跑到这么荒凉的地方干什么?"尼玛沃赛将情况一五一十地告诉了老仙人。当他说到弟弟因饥渴而死时,忍不住抽泣起来。

老仙人点了点头,深深地叹了一口气,说:"孩子,你别哭。咱俩先去看看你弟弟是不是真的死了,那么诚实善良的孩子应该是有救的。"

他俩带着食物和水赶到时,原先围住弟弟的那些石头已被搬开了,里面的弟弟也不见了。原来,他走后那儿下了一场雨,雨水顺着树枝滴进了弟弟的嘴里,弟弟就醒来了。这时,弟弟也正在找哥哥,他俩大声喊着各自的名字,很快就找到了对方。等弟弟吃饱喝足之后,他俩跟着老仙人来到山洞里,做了他的徒弟。

老仙人嘱咐道:"你俩既不能到远处去,又不能在别人面前夸耀自己,不然会惹出麻烦的。"起初,他俩只在山洞周围玩耍,没有走远。时间一长,他俩就把老仙人的嘱咐忘得一干二净了,经常跑到谷口和当地的孩子们玩。

有一次,比力气时兄弟俩赢了当地的孩子们。孩子们就问:"你们俩为什么有这么大的力气呢?"他俩吹嘘说:"因为我俩是属虎的,所以力气大!"这样,这里的人们都知道了山沟里有一对属虎的孩子。

这个地方属于另外一个国家,这里有一面大湖。原先,这儿的老百姓靠这面大湖吃饭,但是自从几年前湖里住进一个龙魔后,日子就不好过了。龙魔每年要一对属虎的男孩祭祀它,这样,老百姓才能求得一时的平安,否则它会兴风作浪,危害百姓。这样,几年下来,这个地方属虎的男孩越来越少了,有的献祭给了龙魔,有的逃到了外乡。

这一年,到了祭祀龙魔的时节,怎么也没有找到一个属虎的男孩。国王派大臣们四处打听,最后才打听到山沟里住着两个属虎的男孩,便立即派人去找。

老仙人早就知道他们会找上门来,就将两个孩子藏进了一口大缸中,装成是盛酒的缸,并嘱咐道:"不论发生什么事,你们俩都不能出来!"

那些大臣们像猎狗扑向猎物一般冲到山洞前,大声叫喊着说:"老头子,赶快把那两个孩子交出来!你敢违抗王命吗?"老仙人装作不知情的样子说:"什么?我一个出家人,哪来什么孩子?"

大臣们对老仙人的话没加理睬,一顿拳脚相加之后,抽出刀子威胁道:"老头子,你要是不交出孩子,我们就要你人头落地!"

这时,藏在缸里的兄弟俩忍不住跳出来说:"你们不要为难老人,我俩在这儿!"大臣们就将两个孩子带走了,老仙人无奈地恸哭起来。

兄弟俩被带到宫里沐浴净身,换上新衣服。在举行祭祀仪式之时,国王的女儿拉姆迷上了他俩。公主想:"将这样两个勇敢机智的青年祭祀给龙魔多可惜呀!"便对国王说:"父王,他俩都是非常优秀的青年,您应该将他俩留在宫里。"

国王没有答应,公主急得大声说:"如果你一定要把他俩扔进湖里祭祀,那么就把我也一起扔进湖里吧!"国王非常生气,下令说:"把这个败家子也给我一同装进皮囊扔到湖里去!"

有道是君命难违,大臣们立即将他们三人装进皮囊,扔进了湖里。

扔进湖里之后,尼玛沃赛和达娃沃赛暗自想道:"我俩因是属虎的才被扔进湖里,可怜这姑娘也被无缘无故地扔进了湖里。"

与此同时,公主也在暗自想道:"我因触犯王法才被扔进湖里,可怜这两个青年却要无缘无故地成为龙魔的点心。"

那龙魔打开皮囊一看,发现里面有两男一女三青年,就问是怎么回事。兄弟俩说:"你不能吃她,吃我们俩吧!"公主又说:"你不能吃他们兄弟俩,吃我吧!"

龙魔看见他们为了救对方不惜牺牲自己的生命,十分感动,就将他们送上了湖岸,并答应以后及时供给雨水,不用再拿属虎的孩子来祭祀它。

公主发誓说:"我这辈子要和你们在一起!"随后回到了宫里。

兄弟俩回到老仙人的住处,敲了敲门,小声说:"我俩是老仙人的儿子。"老仙人没有相信,说:"我是有两个儿子,但是被国王抓去祭了龙魔,没有了!"兄弟俩将情况细细地讲给老仙人听,老仙人便相信了,高兴地为他俩开了门。

公主回到宫里,可把国王和大臣们给惊呆了。等她把事情的经过原原本本地讲了出来之后,国王很高兴,派人将老仙人和兄弟俩请到宫里,把女儿许配给了尼玛沃赛,大摆宴席庆贺了整整七天,让五百头大象驮着丰厚的嫁妆,连同新娘一起送到了他们的国家。

国王看见自己的两个儿子回来,既高兴又羞愧,将脸贴在儿子身上哭了起来。心肠狠毒的达娃赤尊由于羞愧难当,加上气急败坏,口吐鲜血死了。

故事讲到这儿,德觉桑布失口说:"这下可好了!"话一出口,如意宝尸又"噗哒"一声飞得无影无踪了。

脱缰的马可以捉回
说出的话无法收回

玖　富人行窃

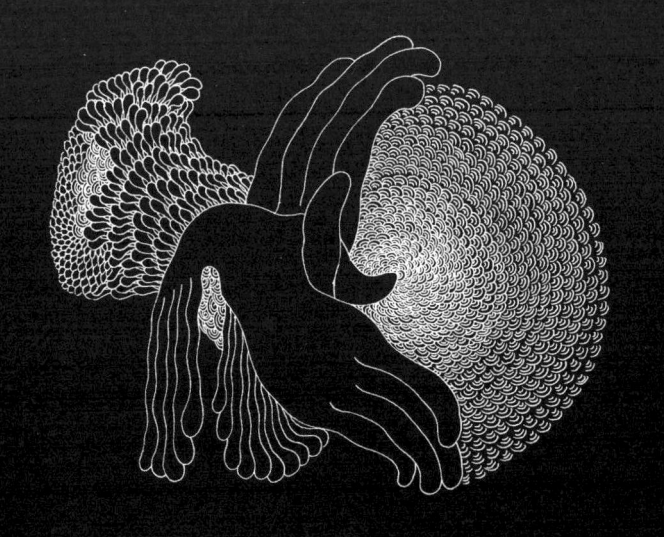

德觉桑布气喘吁吁地赶回寒林坟地时，看见如意宝尸早已爬上了檀香树。他吓唬了一番，举起月形斧子做出砍树的样子，如意宝尸吓得连连说："不要砍树，不要砍树，我下来，我下来。"待爬下树，德觉桑布立即将它装进百纳皮袋中，用花花绳子缚紧，背起来上路了。走到半路，如意宝尸又讲了一个故事。

很久以前，有母子俩，家里很穷，就靠儿子出去干活，挣点小钱来养活老母亲。这小伙子年纪虽小，但很聪明，左邻右舍都很喜欢他。

离他们不远的地方，住着一个富人。这个人是靠偷窃成为富人的。他到处交朋友，一有机会就从朋友们那儿偷东西。有一天，他对小伙子说："明天，我要去你们家里，咱们两家交个朋友怎么样？"

小伙子虽然知道他没安好心，不愿和他交往，但又十分平静地说："这好啊！欢迎您的光临！孔雀是森林的骄傲，客人是家里的荣耀，您光临我家肯定会给我家带来好运的。"

小伙子当即回到家里，领着老母亲四处拾了一背筐破铜烂铁。

第二天，富人来到了他们家里。小伙子把他待为上宾，和他天南地北地闲聊。老母亲在耳房里将那些破铜烂铁翻来覆去地搬弄，发出了像数铜钱一样的响声。

富人问："你家的耳房里在干什么呢？"

小伙子说："哎，我这个老母亲有个毛病，就是喜欢数铜钱。每天，她总是把那些铜钱数来数去的，要不她就坐不住。您是自家人，就别见怪了。"

富人说："啊呀，那有什么关系，我听着还挺悦耳的。"

小伙子走进耳房拿了一个金币送给富人，说："这金币是送给您的礼物，您第一次光临寒舍也没有什么好送给您的，请别见怪。"其实，他们母子俩也就只有这么一个金币。

富人看见了金币，眼睛骨碌碌地转动着，心生贪念，想："啊嗬，这家真有钱啊！金币当作礼物随便送人，还叮叮当当地数个没完，该有多少啊！"想着想着，他的贪心越来越大了，打算晚上到他们家行窃。

富人走后，老母亲埋怨儿子说："孩子，你怎么这么不懂事呀！你把仅有的一个金币送给了别人，咱母子俩可怎么过呀？你这不是自讨苦吃吗？"

小伙子笑着说："阿妈，您别急，您等着瞧吧，失去一个金币就能补回九个金币，说不定还能拿一头羊换回一匹马呢！"

天黑以后，他们母子俩就在家里等着。半夜时分，那富人果然鬼鬼祟祟地赶来了，他慢慢地在墙上挖了一个洞，准备钻进去。当他刚刚把头伸进去时，就被小伙子按住了脖子。

小伙子大声嚷嚷着说："阿妈，快把灯拿过来！我捉住了一个贼！"等老阿妈拿油灯过来照时，小伙子故意装出十分吃惊的样子，说："哎呀，是你呀！我还以为是谁呢！你这是在干吗呀？你这是安的什么心呀？我把你当朋友，送给你金币，你却跑到我家里偷东西，这不是恩将仇报吗？俗话说得好，一恶狗吵得一片村子不安宁，一恶人闹得一个地方不太平！我要把你这个恶人交给官府治罪！"

富人又羞又怕，无地自容。他羞是因为自己的恶行败露，以后无脸见人；他怕是因为这小伙子口气大，若是送到官府治罪，说不定得吃不了兜着走。他再三央求着说："好兄弟，你千万不能把我交给官府啊！山羊跟绵羊打架，何必让劝架的狐狸得利呢！还不如我给你一千个金币，咱们私下一步了结了，怎么样？"

小伙子心里虽然愿意，嘴里却说："不行，不行，你就是给了我一千个金币，你还会去偷别人家的东西的。"富人连连发誓今后决不再偷别人的东西。

这时，小伙子对他母亲说："阿妈，您说怎么办呀？"

"你猜一猜，老阿妈会怎样回答呢？"如意宝尸突然问德觉桑布。德觉桑布早已听得入了迷，大声说："这还用说吗？这一千枚金币来得太容易了！"话一出口，如意宝尸又飞回寒林坟地去了。

拾 鸟衣王子

德觉桑布又像以前一样回到寒林坟地，背起如意宝尸就往回走。没走几步，如意宝尸又讲了一个故事。

很久以前，一户人家里有三个女儿。她们的父母很早就去世了。她们养了一头奶牛，每天挤奶子、打酥油、提炼曲拉①。她们完全依靠这头奶牛来度日，这头奶牛成了她们生活的唯一保障。

有一天，那头奶牛突然不见了，大姐就去寻找。她沿着一条水草丰茂的山沟走了很长一段路，最后来到一个山洞前坐下来休息时，一只白鸟飞过来对着她叫：

吱吱吱，吱吱吱，
给我一点糌粑，我说一句好话；
给我一点酥油，我说两句好话；
给我一点干肉，我说三句好话；

---

① 曲拉，藏语，意为"奶渣"。

要是做我伴侣，好话全都告诉你。

大姐不耐烦地说："谁愿做一个畜生的伴侣！"捡起一块石头准备打时，那只鸟儿飞走了。她找了一天也没有找到奶牛，就疲惫不堪地回来了。

第二天，二姐去找奶牛。她沿着那条沟走到山洞前，坐下来一边吃干粮一边休息。这时，那只白鸟又飞过来"吱吱"地叫着说了那番话。

二姐由于走了很长一段路，感到很疲惫，再加上还没有找到奶牛，心里很烦，就根本没有听到那只白鸟说了些什么，拿起一根枯树枝去打白鸟，白鸟拍了拍翅膀飞走了。

第三天，小妹去找奶牛。她沿着那条沟走到山洞前坐下来吃干粮时，那只白鸟又飞过来了"吱吱"地叫着说了那番话。

小妹见这只鸟儿通人性，很可爱，就给了它糌粑、酥油和干肉，满足了它的愿望。白鸟说："姑娘你跟我来。"她便跟着白鸟走进了山洞。

她打开一扇红门走了几步，又看见了一扇金子做的门。打开金门走了几步，又看见了一扇海螺做的门。打开海螺做的门走了几步，又看见了一扇松耳石做的门。最后，打开松耳石做的门时，眼前出现了一间宽敞舒适、到处都是金银珠宝的房子。里面没有别人，只有那只白鸟端坐在一个宝座上，说："姑娘，你家那头奶牛早被妖精们吃掉了，再找也是白找。你就留下来做这儿的女主人吧！"她见这只白鸟很可爱，再加上这儿全是金银珠宝，应有尽有，就答应留下来和白鸟王子一起生活。

从此，小妹每天都打水做饭，打扫屋子，在不经意间过去了好多日子。

每年，这个地方有一个盛大的节日，节日上有各种各样的节目。到了这一年节日那天，小妹也看热闹去了。赛马、射箭、说唱等各种节目令人目不暇接。其中一个骑青马的英俊小伙子特别引人注目，在赛场上出尽了风头。而且那个小伙子还时不时地看她，引得她都不好意思了。她暗想："小伙子们中间最引人注目的就非他莫属了，女孩们中间最引人注目的也非我莫属了。"

这样高高兴兴地玩了一天，回去的路上她遇见了一个老太婆。

老太婆问她："今天谁最引人注目？"

小妹说："在小伙子们中间，那个骑青马的小伙子是今天最引人注目的。赛马没有比过他的，射箭也没有比过他的。"接着又很伤心地哭泣着说："可是我多可怜呀，丈夫是个鸟儿，看个热闹也不能在一块儿。"

听到这话，老太婆悄悄地说："你别这样说，今天在女孩子中间你是最引人注目的。其实，那个骑青马的小伙子就是你的丈夫。明天，你装作赶集的样子藏在门背后，他会脱了鸟衣骑着青马出去的，然后你把鸟衣扔进火里烧了。这样你就可以永远和那个英俊的小伙子在一起了。"

第二天，她按老太婆说的藏在了门背后。鸟衣王子脱下鸟衣，变成了那个英俊的小伙子，骑着青马出去了。她烧掉鸟衣在家里等小伙子回家。

太阳快要落山时,小伙子回家了。他紧张地说:"你先回家了?我的鸟衣呢?"她说:"鸟衣被我烧掉了。"小伙子变得很紧张,说:"哎呀呀,这下可闯大祸了!你烧了我的鸟衣,今后咱俩就不能在一起了!"

她问:"这是为什么呀?你不穿鸟衣不是更加英俊吗?"小伙子说:"哎呀,其实我也不愿穿那鸟衣呀!我是个王子,有个妖精要害我,我只有穿上鸟衣,妖精才不能害我。这下可好,烧了鸟衣,妖精就会来害我的,你真不该烧掉那鸟衣啊!"

听了鸟衣王子的话,她感到很后悔。正当她慌乱不安之时,突然刮来一股黑旋风把鸟衣王子给卷走了。她心里很痛苦,日夜不停地找遍了这儿的沟沟壑壑,一边哭一边叫着:"鸟衣王子,鸟衣王子。"却再也没有找到他的踪影。

这样找了好多天之后,她在一条沟里叫喊鸟衣王子的名字时,听到了他的应答声。她跑过去时,看见鸟衣王子正背着一捆铁鞋在一座佛塔旁边走着。

鸟衣王子对她说:"现在我得给魔女背水,直到这些铁鞋都烂了。你若真对我好,就回去找齐一百种羽毛,为我织一件鸟衣,召唤我的魂,然后我就能回到你身边了。"

鸟衣王子刚说完,一股黑旋风又把他给卷走了。

这样,她就回到家里四处寻找各种羽毛。等找齐一百种羽毛后,她就日夜不停地织成了一件鸟衣,然后,召唤鸟衣王子的魂。过了一会儿,鸟衣王子气喘吁吁地跑来了。他披上鸟衣，就地打了一个滚，又变成一只羽毛华丽的小鸟了。这样，魔女再也不能伤害他了，他俩又过起了和和美美的日子。

故事讲到这儿，德觉桑布失口问道："那个老太婆是谁？是不是魔女变的？"话一出口，如意宝尸又"噗哒"一声飞回寒林坟地去了。

拾壹　穷汉和龙女

德觉桑布埋怨自己多嘴忘了龙树大师的嘱咐而使如意宝尸飞回了寒林坟地，他再次返回将如意宝尸装进百纳皮袋中，用花花绳子缚紧，背起来往回走时，如意宝尸又讲了一个故事。

很久以前，有个穷汉，穷得实在不能再穷了，正如俗话说的："寒冷把他赶进家里，饥饿把他赶出家门"，他每天靠四处乞讨为生。

有一天，他正在路上时，看见一只老鹰叼着一条蛇在他头顶盘旋。他将自己的破毡帽往天上扔去，惊得老鹰将那条蛇扔了下来。他跑到跟前时，发现那条蛇还活着，就将它放在毡帽里往前走。

走了一会儿，一白一黑两个骑士跟上了他。他们问："喂，你有没有看见我们的王子？"穷汉被吓了一跳，说："王子我没看见，但我从老鹰嘴里救下了一条小蛇。"

那两个人便说："噢，那条小蛇是我们龙王爷的儿子。他在海面嬉戏时，被妖女变的老鹰捉去了，多亏你救了王子，我们一定会感激你的。"

穷汉说："若是你们的王子我就交给你们，不必谢我。"说着就将小蛇交给了那两个人。

那两个人又说："我们一定要感谢你。明天早上你到海边，龙王爷会赏赐你的，记住啊，明天早点来。"说完，将小蛇装进怀里回去了。

穷汉转悠了一天也没有讨到一点吃食，就精疲力竭地回到了自己的住处。邻居老太婆见他可怜，就给他端来了一碗糌粑汤。他一边喝糌粑汤，一边把今天的奇遇讲给邻居老太婆听。

老太婆听后说："龙王爷请你做客你为什么不去呢？明天早点去！若龙王爷问你要什么，你就说除了看门的花叭儿狗和拨火棍外什么也不要。"

第二天，穷汉很早就到海边去了。海中的龙王爷浮出海面说："噢，你来了就好，你救了我儿子的命，我得感谢你啊！你想要什么就说出来，我会尽力满足你的。"

穷汉说："我不需要什么别的东西，若您真想感谢我，就把您的花叭儿狗和拨火棍送给我吧。"

龙王爷听后想了一会儿，说："本来这两件东西是根本不能给别人的，但你是我家的恩人，就给你吧。"说完，从海底取出拨火棍和叭儿狗交给了他，并说："今后你遇到什么难处还可以来找我。"之后，就不见了。

穷汉背着叭儿狗和拨火棍返回时，又累又饿，不免在心里后悔起来："啊啧，我这人多笨啊！没要别的，偏偏要了这么两件没有用的东西！还不如要些吃的、穿的，也不至于这样饿着肚子回家。"

他越想越烦,拿起拨火棍打了一下叭儿狗,叭儿狗尖叫着跑到一边去了。过了一会儿,他的眼前突然出现了冒着热气的奶茶、酥油、糌粑、奶酪、肉等食物。他连想都没想就美美地吃了一顿,然后睡着了。

不知过了多久,当他醒来时,一片光芒刺得他睁不开眼睛。等他凝神细看时,啊呀呀,发现自己不在荒郊野外,而在一个舒适怡人的房间里,里外都没有其他人。那根拨火棍还在他手里,花叭儿狗在他身边。外面的围栏里满是马、牛、羊。

他是个能吃苦、闲不住的人,立即赶着畜群放牧去了。傍晚,赶着畜群回来时,一顿美味可口的饭菜正在等着他,但他还是不知道这饭菜是谁做的。

第二天,他赶着畜群回来时,饭菜又像昨天一样备好了。他觉得非常奇怪。

第三天,他将畜群赶到草地上后就跑回来偷偷地从窗户里看到底是怎么回事。他看见那条花叭儿狗就地打了个滚,一下子变成了一位漂亮的姑娘。见那姑娘将狗皮扔在一边做饭,他突然跑进去把狗皮扔进火里烧掉了。从那以后,他和那姑娘成了夫妻,过起了幸福美满的日子。

一天,这儿的国王带着马队出去打猎。路过这儿时,正巧下了一阵骤雨,他们就过来避雨。穷汉的妻子知道这国王心术不正,就连忙往脸上抹了一把锅灰迎接他们。但由于他们人多,她给他们添茶端水,跑得满头大汗,加上她用袖口不停地擦汗,将脸上的锅灰全擦掉了。

当她给国王端茶时,国王发现她有花一般的容貌,就心生歹念地对她丈夫说:"噢,咱俩打个赌,明天咱俩比一比谁的哈达长,谁的哈达最长就由谁来做这位姑娘的丈夫。若不参加比赛,就把这姑娘送进宫里!"

穷汉非常气愤,但又无可奈何地想:"我一个穷人哪来那么长的哈达和国王比啊!"之后,他在一旁用两手支着下巴陷入了沉思之中。妻子见他这样,就说:"你不用担心,拿这拨火棍去海边敲三下那块大石头,就会有人来招呼你。你说我要借龙宫里的哈达箱子,那人就会给你一个箱子。借来了哈达箱子,就不怕和国王比试。现在你不要担心了。"

正如他妻子所说,他走到海边用拨火棍敲了三下大石头,一个漂亮的小龙子果然出现在了海面上。他将妻子教的那番话说了一遍,小龙子就将一个很小但又很重的箱子给了他。

第二天,比哈达的长短时,他打开箱子取出一条条新哈达,把一面山坡整个铺满了。国王将仓库中所有的哈达都拿来了,也只铺了半面山坡。这样,国王就输了,但国王却翻脸不认账,说:"这次不算,明天咱们斗牦牛,谁的牦牛赢了,谁就是这位姑娘的丈夫!"

穷汉回家将这事讲给妻子听。妻子听后说:"你不用怕,还了这哈达的箱子,再借回牦牛的箱子,就可以和国王比一比了。"他按妻子的吩咐,借来了一个很小却又很重的箱子。

第二天,他在国王的一百头牦牛中间打开了箱子,里面冲出一头犄角和四蹄都是金子的黑牦牛,将国王的牦牛们追赶得四散而逃。国王虽然输了,但是他的那股贪念还是没有消失,说:"这次不算,明天咱们赛马,谁的马跑得快,谁就做那位姑娘的丈夫。"

穷汉灰心丧气地回家将情况讲给妻子听。妻子毫不在乎地说:"你不必灰心,去还了这牦牛的箱子,借回骏马的箱子。"

他按妻子的吩咐还了牦牛的箱子,借回了骏马的箱子。

第二天赛马时,他的马比国王所有的马都跑得快,但是国王又不肯认输地说:"明天咱们把一升青稞撒在地上,谁捡得多,那姑娘就属于谁。"

他又回去将情况告诉了妻子。妻子毫不在乎地说:"去还了骏马的箱子,再借回麻雀的箱子。"于是,他又到海边借回了麻雀的箱子。

第二天,国王把他的奴仆们全召集到一块儿,捡撒在地上的青稞。穷汉打开麻雀的箱子时,从里面飞出成千上万只麻雀,一下子把剩下的青稞全捡完了。国王只捡到了几十粒青稞,又输了。这回,国王更加恼羞成怒了,说:"以前的全都不算数!明天咱们比刀剑,谁赢了,那位姑娘就是谁的!"

穷汉心里很害怕,回去将情况告诉了妻子。妻子还是毫不在乎地说:"去吧,去借来'哈嗬'兵的箱子。"

他按妻子的吩咐去海边借时,一个漂亮的小龙子将一个又大又沉的箱子递给了他。路上,他有些不放心地打开箱子,从里面冲出无数个手执铁锤的铁人,问:"哈嗬,哈嗬,打哪儿?"他慌忙指着一块大石头说:"打那块大石头。"一眨眼的工夫,那些铁人用铁锤将大石头砸得粉碎,又钻进了箱子里。

第二天,那个国王穿着盔甲,带着军队打打杀杀地冲过来时,他赶紧打开箱子,放出了无数个铁人。铁人问:"哈嗬,哈嗬,该打谁?"他大声说:"打那个残暴的国王!"话一出口,那些铁人一窝蜂似的冲上去把国王的军队打了个稀巴烂,最后,那个残暴的国王也被打成肉酱了。

故事讲到这儿,德觉桑布失口问:"那个穷人后来有没有当国王?"话一出口,如意宝尸又"噗哒"一声飞回了寒林坟地。

寒冷把他赶进家里
饥饿把他赶出家门

拾贰　花牦牛救青年

德觉桑布回到寒林坟地,再一次背着如意宝尸往回走时,如意宝尸又像以前一样讲起了故事。

从前,某个地方有个官人,他的马、牛、羊多得像天上的星星一样,数也数不清。这位官人的坐骑有白色、黑色、红色三匹马,必须到有白色、黑色、红色三种泉水的一条沟里去饮水,白马要饮白色的泉水,黑马要饮黑色的泉水,红马要饮红色的泉水。那条沟里有个用咒语压在一块扁石头下面的魔女,因而谁也不敢去那儿。

仆人中有兄妹两人,他俩牧放着官人的马群,哥哥每天要不情愿地赶着那三匹马到那条沟里去饮水。他俩从小就没了父母,成了孤儿,苦难使他俩相依为命,彼此十分关心。

一天,哥哥被官人派去拾柴火时,妹妹为他配了一匹好马和一副好鞍子,却被官人看见臭骂了一顿,只好换成一匹瘦马和一副破鞍子。临走时,妹妹让哥哥带上弓箭,官人却说:"去拾柴火拿弓箭干什么?拿上一把钝刀子就行了!"这样,哥哥就不得不牵着那匹配了破鞍子的瘦马,带着钝刀上路了。

没有了哥哥,放牧白色、黑色、红色三匹马的任务就自然而然地落在了妹妹的头上。哥哥仔细叮嘱道:

同父同母的小妹妹,
请听哥哥我说句话,
今天你要去饮马,
不能让马儿饮错水,
水边的石头不能翻,
源头的野草不能拔!

妹妹回答道:

同父同母的好哥哥,
从小把我抚养大,
说的话儿在我心坎上,
吃的糌粑在我肚子里。

这样,哥哥便去砍柴了。妹妹牵着白色、黑色、红色三匹马去饮水时,由于贪玩没加注意,让三匹马饮错了水,吃了源头的草,马在地上拼命地打滚,把那块压着魔女的扁石头也掀翻了。

突然,从那大石头底下冒出了一个龇牙咧嘴、浑身是毛、满头钢针似的红发、下垂的奶子搭在左右肩上的可怕的魔女，捉住小女孩，说：

> 这泉水是我的眼泪，
> 却被你搅浑了；
> 这青草是我的头发，
> 却被你拔掉了；
> 这块地是我的背脊，
> 你却让马儿打滚；
> 这石板是我的大门，
> 却被你打开了；
> 今天姑娘你送上门，
> 我一定要吃你的肉。

小姑娘被吓得几乎晕了过去。她挣扎着大喊救命，被正在山上砍柴的哥哥听到了，就骑着那匹瘦马，举着钝刀冲了下来。魔女放了小姑娘，冲过去把小姑娘的哥哥连瘦马如同鹞鹰捉小鸡似的捉住，翻过许多山岭，来到一片山谷里，魔女杀了那匹马，把小伙子放在一边，说：

> 我没吃马肉有三年，
> 今天要吃马肉；
> 我没喝马血有三年，
> 今天要喝马血；
> 吃完马肉喝掉马血，
> 我要吃人肉喝人血；

你想上天没有门，
你要入地没有洞；
你就老实等着吧，
到时送你去西天；
今天我先不吃你，
乖乖地给我拾柴去。

说完，魔女钻进山洞里一边吃马肉，一边喝马血。小伙子心想落入这个魔女的手里肯定活不了，正在伤心地拾柴火时，看见了一只香獐子。他开始笑了笑，然后又哭了起来。香獐子觉得奇怪，问："你为什么又笑又哭啊？"小伙子回答说："看你自由自在的，我就想笑；想到明天魔女要吃我，我就想哭了。"香獐子说："你别哭了，明天我来救你。"

第二天，香獐子准备带着小伙子走时，被魔女发现了，她扔过来一块大石头，把香獐子给打死了，并说：

今天我要吃獐子肉，
没吃獐子肉有三年；
今天我要喝獐子血，
没喝獐子血有三年；
明天再吃人肉喝人血，
你就老老实实等着吧，
今天为我打水去。

说完，魔女钻进山洞一边吃獐子肉，一边喝獐子血。

小伙子去打水时,看见了一头猫眼宝石似的花牦牛。他微微笑了笑后,又哭了起来。

花牦牛就问:"你为什么又笑又哭的?"小伙子回答说:"看你自由自在的,我就想笑;想到明天魔女要吃我,我就想哭了。"

花牦牛说:"你别哭,明天我来救你,你骑上我跑就能逃脱魔掌。"小伙子说:"昨天,一只好心的香獐子也说要救我,今天赶来救我时,却被魔女用石头给打死了,还是算了吧。"

花牦牛说:"小伙子,你别怕。今晚你趁魔女睡着的时候,折断她手中的棍子,拔下她头上的命针,骑上我跑就能逃命。"

第二天,小伙子拿着命针,骑上花牦牛就跑。正在逃时,后面传来了一阵"呼呼"的风声。小伙子回头看时,那魔女正紧紧地追了上来。花牦牛说:"快,快,赶快把魔女的命针折断!"小伙子折断那根命针扔在了一边,魔女就没有追上来。

小伙子骑着花牦牛来到一块青草地上时,花牦牛对小伙子说:"你赶紧宰了我,铺开我的皮,把心放在中间,四只蹄子放在四周,肠子绕在四面,黑毛撒向阴坡,白毛撒向阳坡,花毛撒在中间,两只腰子放在你的脚下,你睡一觉醒来后就什么都有了。"

小伙子说:"我还得感谢你呢!你救了我的命,我怎么能杀你呢?"花牦牛又说:"听我的话,快按我说的做,要不就来不及了。那时,魔女不但会吃了你,也会吃掉我的!"

小伙子就照花牦牛说的做了,一觉醒来时,啊呀呀,那张牛皮变成了一顶大帐篷,白毛变成了白羊,黑毛变成了牦牛,花毛变成了马,两只腰子变成了两条狗,心变成了一位漂亮的姑娘……他宰牛时不小心在心脏上划了一下,现在姑娘的鼻子上也有一道划伤的痕迹。

讲到这儿,德觉桑布失口说:"太可惜了,姑娘的鼻子上要是没有那道伤痕该多好啊!"话一出口,如意宝尸"噗哒"一声又飞回寒林坟地去了。

一恶狗吵得一片村子不安宁
一恶人闹得一个地方不太平

拾叁　猪头卦师

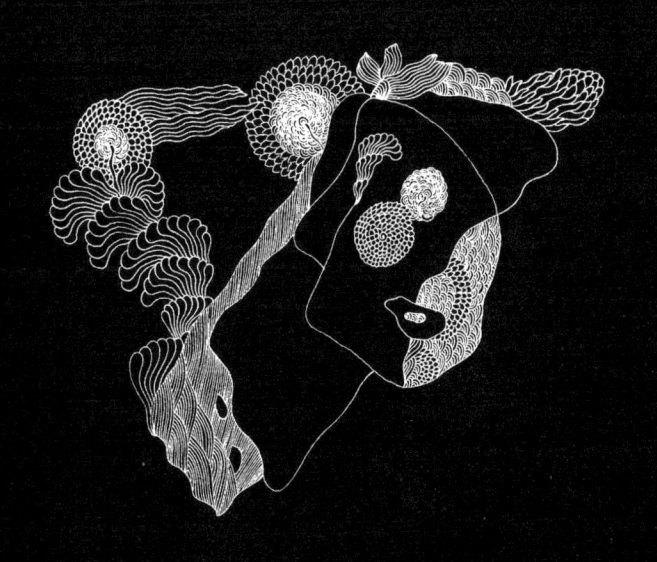

德觉桑布像上次一样背着如意宝尸上路时，如意宝尸又讲了一个故事。他想这次无论如何也不能开口说话，就不停地吃酥油糌粑丸子，不让嘴巴停下来。

从前，一户人家里有一个非常懒惰的人。他什么活儿也不会干，整天像猪一样吃了睡、睡了吃，全靠老婆养活。

无论他的老婆怎么苦口婆心地劝他，他也只说这是命中注定的，依然不干任何活儿。以前，他虽然学过一点念经卜卦之术，但这里的人们都知道他的毛病，就没有人请他念经了。每天除了吃喝拉撒睡大觉，他无事可做，时间一长，身子胖得就像头大肥猪。老婆看着他好吃懒做的样子，厌烦地说："哎，真拿他没办法，照这样下去，有一天说不定会饿死的！"

一天，他的老婆把一小袋酥油藏在了附近的草丛中，周围撒了一点羊油，回家对像死猪一样还在睡觉的丈夫说："喂，俗话说得好，'大丈夫出门三步就能成就三件事,走遍天下就能交上好朋友',快起来出去走走吧,说不定能交上好运呢!不是说'男人贪睡误大事,女人贪睡误琐事'吗?"

他被老婆这样一激,便起身出了门。他看见一群乌鸦围在河滩里的一个草堆旁,就跑过去看。这样,他就自然而然地找到了那小袋酥油,心想:"老婆说的有道理,要是睡了懒觉就得不到这袋酥油了。"回去把那袋酥油在老婆面前晃了晃说:"看吧,怎么样!"老婆装出十分惊奇的样子,夸赞道:"男子汉大丈夫就该这样!"他一高兴就说:"这算得了什么,你就看着吧,明天我要去打猎,你给我准备好马、猎狗、干粮,还有刀、箭、矛三样兵器,你就在家里等我满载而归吧!"

老婆心里想笑,却又极力忍住了。她想说不定还能打到一些兔子之类的小动物呢,就按他说的准备好了。那天晚上,他一夜都没有睡着,心里老是想着该如何打猎,又如何施展本领,如何得到邻居的夸奖,如何博得老婆的欢心。第二天起来后,准备停当,他骑着马,领着猎狗打猎去了。

从早晨到中午,他连一只兔子也没打着,不免生起一股失望之情,心想:"要是不来打猎那该多好啊!今天也许是个打不到猎物的黑天吧!"这样后悔着往前走时,突然在不远处看见了一只狐狸,他就放开猎狗去追。狐狸看见猎狗追上来了,就飞快地跑了起来。猎狗看见狐狸跑了,也飞快地跟了上去。他也策马追了上去。狐狸看见猎人和猎狗都在追它,就害怕地钻进了一个两头都有出口的地洞里。

懒汉脱下帽子堵住了一个出口,把弓箭拴在了马鞍上,把马的缰绳拴在了狗的脖子上,自己挖另一个出口。听到挖土的声音,狐狸在里面吓得待不住了,从另一个洞口跑了出来,正好戴上了堵在洞口的帽子。

这懒汉就像俗话说的"捡起地上的石头,丢了怀里的糌粑",只好光着脑袋徒步追了上去。这样,狐狸跑在最前面,猎狗跟在狐狸的后面,马跟在猎狗的后面,懒汉在后面追赶。跑了一段路程,懒汉累得喘不过气来,刚刚歇了一会儿,狐狸、猎狗、马儿就一个跟着一个,跑得越来越远,渐渐不见了。他在路上逢人就问:"有没有看见一只戴帽子的狐狸?有没有看见一条牵着马的猎狗?有没有看见一匹背着弓箭的马?"遇见他的人都说:"这是疯人在说疯话!"大笑着不理睬他。

他走啊走啊,最后走到了一个村寨里。他看见一户人家里聚了好多人,有僧人,也有俗人,忙里忙外的,便想:"这次得好好问问。"他走过去问道:"像神仙一样快活的人们,你们有没有看见一只戴帽子的狐狸?有没有看见一条牵着马的猎狗?有没有看见一匹背着弓箭的马?"

这户人家的主人刚死去不久,大伙儿陷在悲痛之中,正为亡人祈祷做法事。听见他说的话,大伙儿往他脸上吐唾沫,把他打了个半死,骂道:"你这个没心肺的家伙,我们这会儿家里死了人痛苦都来不及,你却说什么像神仙一样快活的人们,还开那样的玩笑来取笑我们,快滚开!"

懒汉心里十分难受，摇摇晃晃地走了一段路程之后又来到了一个村寨里。他又看见一户人家里有许多人在忙碌着，他想："上次说错话而吃了那么大的亏，这次无论如何也不能说错话。"就走过去问："像鬼一样痛苦的人们，你们有没有看见一只戴着帽子的狐狸？有没有看见一条牵着马的猎狗？有没有看见一匹背着弓箭的马？"

这户人家在办喜事，人们正争先恐后地看新娘。他们听了他的话，非常气愤，骂道："你这个可恶的家伙！人家在迎新娘、办喜事，你却像地狱使者般地说出如此不吉利的话！快滚开！"说着扒光了他的衣服，把他赶出了村寨。

懒汉心里既害怕又伤心，光着身子跑着跑着，觉得身上很冷，就不由得喊道："别刮风！别刮风！"这时，一伙人正在麦场上扬谷子，见一个光着身子的人嘴里喊着"别刮风！别刮风！"就十分生气，举起扬板一边追他，一边骂："我们正等着起风，你这个不吉利的人却说别刮风！你这不是故意和我们过不去吗？"

他逃开之后，心想："这次千万不能再说别刮风。"他虽冻得发抖，嘴里却说："刮大风！刮大风！"这时，一家造纸厂的纸张被突然刮起的大风吹走了，见一个光着身子的人嘴里喊着"刮大风"，就拿起棒棍把他赶跑了。

懒汉最后逃到了一个宫殿的门口，他既冷又饿，累得再也走不动了，加上太阳也落山了，就钻进一个草堆中睡着了。半夜时分，一头猪也钻进草堆中，把他吓了个半死。但知道是头猪后，他又睡着了。

第二天早晨，在草堆中，他听到"啪"的一声，有什么东西掉在了地上。他从草堆中往外看时，原来是从楼上的窗户里掉下来的一块玉。一个女仆见了赶紧包进牛粪里，贴在墙上，并在上面做了个记号。这一切都被他看在眼里。

没过一会儿，宫殿内外变得吵吵嚷嚷起来，众人纷纷喊道："公主的命玉不见了！"这时，他从草堆里露出头说："我打卦可以知道命玉在哪儿。"人们便给他穿上绸缎衣服，带进了宫里。

国王让他吃饱喝足之后问："你打卦时需要什么法器？"他想起昨晚那头猪让他吓了个半死，就说："需要一个猪头，五彩绸缎，还有糌粑。"

国王很快命人按他说的做好了准备。懒汉在猪头上绑上五彩绸缎，用糌粑做了许多朵玛①，口中念念有词，开始打卦。他闭着眼睛坐了一会儿，突然睁开眼睛拿着猪头走出宫殿指着墙上的牛粪饼说："就在这里面。"人们取下牛粪饼一看，那块命玉果然在里面。

国王很佩服他，大摆三天宴席来款待他，并说："您需要什么请尽管开口。"他说："我需要一匹马，一条猎狗，刀、箭、矛三兵器，一张狐皮。"国王给了他这些东西，还给了他许多肉、酥油之类的东西，派人把他送回了家。见他带着许多东西回来，他的老婆非常高兴，比以前更加疼爱他了。

从那时起，他逢人便吹嘘："我是有预见能力的猪头

---

① 朵玛，藏语，法事时用糌粑做的供品。

卦师!"从此,这个地方的人们就称他为"猪头卦师"了。

有一天,国王仓库里的许多宝贝被小偷偷走了,国王派人去请猪头卦师进宫算卦。他心里没底,不敢前去,但若不去又怕国王施刑,就提心吊胆地背着猪头骑上马去了。

仆人把他引进了宫里。他对国王说:"这次我需要把自己关在一间小房子里静修,以识别小偷的法术。"他钻进房子里面,心里既害怕又担心,食欲大减,夜晚失眠,形容枯槁,便哀叹说:"阿俄、阿迦①,骨瘦如柴!"

偷珠宝的两个小偷听说猪头卦师在修识别小偷的法术,就偷偷地跑来偷听。正好两个小偷一个名叫阿俄,一个名叫阿迦,听见猪头卦师在说"阿俄、阿迦"非常害怕,将偷的东西全部还给了猪头卦师。于是,猪头卦师把宝物献给国王,国王更加高兴,给了猪头卦师非常丰富的礼物,并派人把他送回了家。从此,"猪头卦师"的名声也就更大了。

这个地方有个官人,他的儿子害了一场大病,做了许多法事也没见好转,快要死去之时,他的一个手下说:"这个地方有个叫猪头卦师的算卦者,听说他有非常的神通,请他来算算怎么样?"

官人说:"那就试试吧。"于是就派人把他请来,说:"你一定要使我儿子康复。"然后,就让猪头卦师住进了他儿子的房间。

---

① 阿俄、阿迦,藏语,均为形容枯槁之意。

猪头卦师心里虽然十分害怕，但还是装模作样地用糌粑做了一个一人高的朵玛供品，前面放着猪头，坐直身子守在那儿。官人的儿子睡得像个死人一般，他轻声"公子、公子"地叫了几遍，也没有任何应答。他以为官人的儿子已经死了，就仓皇地背着猪头逃走。

逃到仓库门口时，管家喊道："有贼！有贼！快捉贼！快捉贼！"他吓得从房檐上跳进了牛圈里。牛圈里的一头红犏牛狰狞地向他冲来，他用猪头抵挡着藏在了牛圈里。

半夜时分，他偷偷地往外看时，看见一间房子里亮着灯，就走了过去。他听见几个人在谈论着什么，其中一个说："官人的儿子是因怕鬼、失眠而生病的，今晚请来了猪头卦师就睡着了。"听到这话，他的心里又生起一股勇气，回到官人儿子的房间里装模作样地坐着。

第二天，他见官人的儿子好多了，就说："牛圈里的那头红犏牛是害您的鬼，应该宰了它。"官人按他说的宰掉了那头牛，那位公子便变得不怕鬼了，晚上睡得很香，病也渐渐好了。那位官人很高兴，给了猪头卦师许多礼物，并派人把他送回家，此后他的名声更大了。

又有一天，有个人上山打猎，都好几天了也没有回来，有些人说："肯定是被野兽吃掉了。"他的老婆很担心，找猪头卦师算卦。他闭上眼睛，口中念念有词，过了一会儿说："噢，你的丈夫在一个朝南的山沟里被森林猛兽吃掉了，你们就做做法事吧。"

那个女人伤心地哭着把自己的一些首饰献给了他，

请到家里正做法事的时候,她的丈夫背着一头鹿平安地回家了……

故事讲到这儿,德觉桑布失口说:"神汉、卦师、魔术师是世界上的三大骗子!"话一出口,如意宝尸又"噗哒"一声飞回寒林坟地去了。

大丈夫出门三步就能成就三件事
走遍天下就能交上好朋友

拾肆　赛忠姑娘

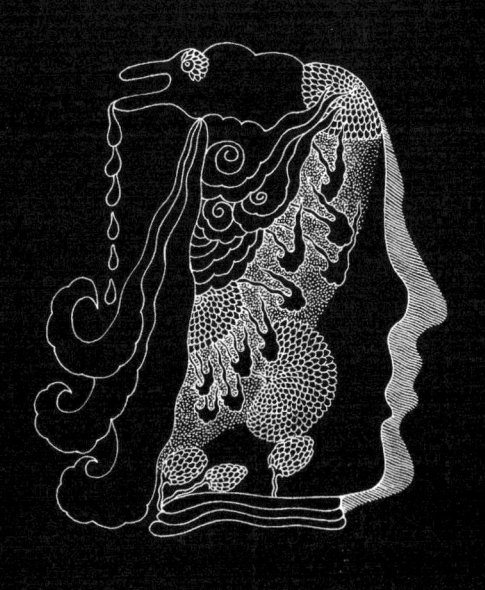

德觉桑布赶回寒林坟地，举起月形斧子做出砍树的样子，如意宝尸便乖乖地爬下檀香树，钻进了百纳皮袋中。他用花花绳子缚住口袋，背在身上顺着原路往回走时，如意宝尸开口说："我讲个故事散散心怎么样？你就听我讲吧。"接着，又讲了一个故事。

很久以前，有一对老两口，他们有个女儿叫赛忠，有个儿子叫顿珠。女儿长大以后很勤劳，并且非常听老两口的话，因而老两口也特别疼爱自己的女儿，他们经常跑到不远处的观世音庙里叩头献祭，祈祷女儿能遇到一个好丈夫。

有一天晚上，待两个孩子睡着之后，老两口便谈起了女儿的婚事。老太婆说："咱们的女儿赛忠已经长大了，该为她找个婆家了，你看怎么办？"老头子说："咱们的这个女儿是在观世音菩萨的保佑下才得到的，现在该把她嫁给谁也应该祈祷观世音菩萨来决定。"讨论了一番之后，老两口就这样决定了。老两口在商量之时，正好被一个小偷听到了。小偷认为好机会来了，就连夜跑到观世音庙里，藏在了观世音塑像后面。

第二天早上，老两口来到庙里，在塑像前献上供品，叩了三个头之后，双手合十，祈祷道："救苦救难的观世音菩萨，我们的幸福、我们的财富、我们的女儿都是您所赐予的。现在，我们的女儿已经长大了，请您指点她该修佛法还是入俗世？如果入俗世怎样才能得到幸福与安宁？请您开尊口指点，要么通过梦暗示我们。"

祈祷完毕，小偷在塑像后面说："你们的女儿还是入俗世的好。明天早上谁第一个到你家门口就把她嫁给谁，这样会万事大吉的。"小偷在神像后面说出了这番话，可把老两口给惊呆了，连连说："救苦救难的观世音菩萨，我们一定按您说的办。"他们叩了很多头，才离开。

第二天，老两口早早起来为女儿梳洗打扮了一番，戴上玉石、玛瑙和珠宝，心里想着观世音菩萨说的那个人该是什么模样呢，耐心地等待着。过了一会儿，那个小偷背着一木箱果子走来了。老两口将他迎进家里，让他吃饱喝足之后，把盛装打扮的女儿和一些嫁妆一同送给了那个人。

女儿看着父母年事已高，弟弟又很小，可她对面前的这个人一点也不熟悉，心里一万个不愿意，但父母说这是观世音菩萨亲口指定的人，讲了许多道理，她只好恋恋不舍地回头望了望年幼的弟弟，跟着那人走了。

走到一个荒无人烟的山沟时，那个小偷心想："我不仅有老婆，还有几个儿女，不如抢了这位姑娘的衣物和嫁妆，然后杀了她，但必须得想出一个不让别人起疑心的办法。"便对姑娘说："我们这样赶去，没有迎娶新娘的样子,不如你先在这儿等一会儿,我回家里准备一番再来迎接你。"说着将姑娘连同嫁妆藏进了一个山洞中,将洞口用石头和树枝堵住后就走了。姑娘心里虽然很害怕,却在山洞里一动也不动地待着。

这时,另一国的一个王子牵着一只虎,领着两个仆人到这儿打猎。他们来到藏着赛忠姑娘的山洞附近寻找猎物时,王子发现了那个山洞,叫仆人拿掉堵在洞口的石头和树枝,发现了藏在里面美如仙女、盛装打扮的赛忠姑娘。

主仆三人非常惊奇,向姑娘打问情况,姑娘一五一十地把自己的经历告诉了他们。王子说:"那个人肯定不是什么好人!你在这儿等会很危险的!如果你愿意,就跟我走吧。"赛忠姑娘也很喜欢这位年轻的王子,就答应跟他走。

临走时,姑娘说:"我这么走了还得让谁住在里面。"王子说了声"这很容易",就把那只老虎关在洞里,又像前面一样把洞口用石头和树枝堵住,带着姑娘返回了宫里。

小偷回去对家人说:"以前我怎么努力也没能发家致富,这次我要举行一个使福运立即大增的仪式!"他就这样说了许多谎话,做了许多假仪式,晚上一个人偷偷地跑到藏赛忠姑娘的那个山洞中,拿掉那些树枝和石头,钻了进去。他怕姑娘跑了,又重新将洞口堵死,轻声说:"姑娘,你受苦了,快过来。"这时,那只老虎扑到了他身上。他想杀了赛忠姑娘,没想到自己却被老虎给吃掉了。

讲到这儿,德觉桑布失口说:"那个小偷死有余辜!"话一出口,如意宝尸又"噗哒"一声飞回了寒林坟地。

拾伍 玛桑雅日卡叉

德觉桑布看见如意宝尸从百纳皮袋中飞走了,十分后悔,返回寒林坟地背着如意宝尸往回走时,如意宝尸又讲了一个故事。

很久以前,在一条山沟里住着一个光棍汉。他养了一头母牛,靠这头母牛和打猎为生。有一年,母牛怀上了牛犊,他想这头老母牛会生个什么样的小牛犊呢。待生下时,却是个人身牛头有尾巴的怪物。

他认为这是个不祥之物,拿起铁弓铁箭准备射死它时,那个人身牛头的怪物说出了人话:"你不要杀我,抚养我吧,我做你的儿子,将来报答你。"光棍汉就没有杀他,还给他取了个名字叫玛桑雅日卡叉,用肉、酥油和奶子喂养他,玛桑雅日卡叉很快就长大了,而且力大无比。

有一天,他对父亲说:"为了报答你的恩情,我要去打猎。"然后,他就背着弓箭出去了。走到一片森林中时,他看见在一棵大树底下有一个黑人,就问:"你是谁?"那人回答说:"我是森林勇士,玛桑雅日卡叉,我要和你交个朋友！"就这样，他俩成了朋友。

他俩走到一块草地时，看见了一个蓝人，玛桑雅日卡叉就问："你是谁？"那人回答说："我是草地勇士，我也要和你交个朋友！"

就这样，他们三个一块儿往前走，在一座小山峰前看见了一个白人，玛桑雅日卡叉就问："你是谁？"那人回答说："我是山峰勇士，我也要和你交个朋友！"

这样，他们四个一块儿走到一片山林中，看见了一座很大的楼房，便走了进去。这个楼房的上层为厨房，下层养了许多犏牛等家畜，无人看管，他们就住了下来。他们商定每天三人出去打猎，一人留下来看家。

第一天，森林勇士留在家里做酸奶、煮肉时，大门突然打开了，传来了一个声音："大哥你多能干呀！"森林勇士回头看时，只见一个非常矮小的老太婆背着个比自己大几倍的包袱，说："这么个小伙子在煮肉呢，让我尝一下你的酸奶和肉的味道吧！"森林勇士就给了老太婆一点酸奶和肉。老太婆吃了一小块肉，喝了一点点酸奶就背着包袱走了。

老太婆走后，他回头看时，酸奶和肉全不见了。他找遍了每个角落也没有找到，只找到了一个马蹄，就在房子周围的地上印满了马蹄印，把所有的箭都射到了不远处的柳墙上。

出去打猎的人们背着猎物回来时，看见守家的人没做任何吃的，就生气地骂道："你打的酸奶和煮的肉在哪儿？"森林勇士回答说："今天这儿来了一百个骑马的强盗，他们围住楼房，抢走了酸奶和肉，还把我打得半死，不信你们去看看外面吧。"他们出去看见地上的马蹄印和柳墙上的箭就信以为真了。

第二天，草地勇士留下来守家，也发生了同样的事。他找到一个牛蹄子，在房子周围印满了蹄印，撒谎说许多骑牦牛的强盗抢走了酸奶和肉。

第三天，山峰勇士留下来守家，也发生了同样的事。他就用骡子的蹄子在房子周围印满了蹄印，撒谎说许多骑骡子的强盗抢走了酸奶和肉。

第四天，玛桑雅日卡又留下来守家，其他三个人出去打猎去了。玛桑雅日卡正在打酸奶、煮肉之时，那个老太婆又来了，说："噢，今天这么个怪物在守家，让我老太婆尝一尝酸奶和肉的味道吧。"

听到这话，他想："前三个人肯定被她骗了，绝不能让她尝！"就将一个背水的皮袋用针扎了许多眼，递给老太婆说："想吃东西就得干活，你先给我背一袋水来！"老太婆无奈地放下自己的包袱背水去了。

老太婆走后，他打开老太婆的包袱，发现里面有一条牛皮绳、一把铁钳和一把铁锤，就把它们换成了一根烂羊毛绳、一把木钳和一把木锤，包好放在了原来的位置。

老太婆回来说："你的皮袋装不住水，还是让我尝一尝酸奶和肉的味道吧。"他说："你连一袋水都背不回来，你真是个饭桶，不能让你尝！"

老太婆气得"吱吱"地咬着牙，立即露出妖怪可怕的原形，吼叫着说："这座房子和里面的财产都是我的，你不让我尝一下味道，我俩就比试比试吧！"说着用那根烂羊毛绳绑住玛桑雅日卡叉，用木头钳子夹、用木头锤子锤，却丝毫没有伤着他，玛桑雅日卡叉一动就把羊毛绳给挣断了。

玛桑雅日卡叉取出牛皮绳子，绑住妖怪，用铁钳子夹、用铁锤子没头没脑地打，打得妖怪昏死了过去。然后，他就将妖怪吊在底层的房梁上，打酸奶、煮肉去了。

出去打猎的三个人回来问："你辛苦了吧？"他却说："你们三个都撒了谎，这不像个男子汉！哪来的什么强盗？今天我把那个贼捉住拴在了底层的房梁上，走，我们去看！"

他们去看时，捉住的那个贼却不见了踪影，只留下了一丝血迹和血印。他们顺着血迹往前走时，那血印在一个石头缝中消失了。从石头缝往下看时，发现是个黑漆漆的洞，谁也不敢进去。

过了一会儿，玛桑雅日卡叉说："用绳子绑住我的腰，我下去看看。"他走进洞底时，看见那儿原来是个大房子，里面尽是金银珠宝、绫罗绸缎，那个妖女倒在地上，口鼻流血，已经死了。他就把那些财宝装进一个皮袋中叫上面的三个人拉了上去。上面的三个人看见财宝，心生歹念，想若是把玛桑雅日卡叉拉上来就分不到财宝了，于是就把他丢在洞里背着财宝逃走了。

他知道三个朋友起了坏心，就在四处找了一番，最后找到了三节桃树枝。他把那三节桃树枝插在房子中央，洒了些水，睡着了。

不知过了多久，等他醒来时，房子里长了三棵很大的桃树，树枝伸出了洞口。他顺着树枝爬出洞口，背着铁弓铁箭往前走时，看见一眼清泉边一位漂亮的姑娘舀满水背起水桶，踩着花的梯子正往天上走着。他觉得奇怪，也就跟在后面，踩着花的梯子走到了天界。

当他走进玉皇大帝的宫殿时，玉皇大帝说："玛桑雅日卡叉，你来得正是时候！这里的天神和妖魔正在混战，明天你到战场上看看，早上白牦牛会把黑牦牛赶过去，白牦牛是天神；下午黑牦牛又把白牦牛赶过来，黑牦牛是妖魔。所有黑牦牛的中间有一头额心发光的牦牛，那是妖魔的头子。你弯起铁弓射出铁箭，如果射中了那头牦牛，天神就会胜利，世间就会少一些疾病和天灾。"

第二天，他按玉皇大帝的吩咐，被许多仙女围绕着赶到战场时，果然看见了一头额心发光的黑牦牛，他一箭射中了那头牛的额心，魔兵们吵吵嚷嚷地退去了。

回去后，玉皇大帝非常高兴，说："非常感谢你！今天我们胜利了！但是你的箭射得太早了，魔王只是负了重伤，还没死去，你返回人间可能要遭妖魔的伤害，你还是留在天界吧。"

他说："我不能待在这儿，我得返回人间报答我的父亲，还要找到三个忘恩负义的朋友。"

这样，玉皇大帝就给了他一个如意宝物和五粒青稞，说："你在路上遭到妖魔的危害时就把这五粒青稞撒向天上，我会保护你的；回到人间，对着这个宝物祈祷，你就能得到你想得到的一切。"

他返回时，因走错路而走到了妖魔的门口，一个嘴里喷火、手持火锤的妖女挡住了他的去路。他把五粒青稞撒向空中，"哗啦啦"一声从天上垂下了一条铁链。他顺着铁链往上爬时，妖女扔出火锤打断了他的腰。玉皇大帝见状立即晃动了一下发辫，他就变成了北斗七星。

故事讲到这儿，德觉桑布失口问："后来那个魔王死了没有？"话一出口，"噗哒"一声，如意宝尸又飞回寒林坟地去了。

孔雀不与乌鸦结伴

大象不与黄牛同行

…
拾陆　修习颇瓦迁魂法

德觉桑布匆匆赶回寒林坟地，像以前一样背着如意宝尸返回时，如意宝尸又讲了一个故事，而他却紧闭嘴巴只管低头走路。

很久以前，王子和大臣的儿子成了好朋友。他们带了许多钱财到印度拜婆罗门学者为师，修习声明学和颇瓦迁魂法的要诀。修习了三年，大臣的儿子掌握了全部的秘诀，而王子因平时沉溺于嬉玩，什么也没有学到。

后来，他们的钱财花光了，就翻山越岭返回家。路上，王子心里很不安，生出了一个坏念头："不把大臣的儿子在路上除掉，回去我就没脸见人了！"

一天，他俩正在赶路，一只鸟儿"吱吱喳喳"地叫个不停。大臣的儿子能听懂鸟语，王子听不懂，就问道："喂，朋友，你懂鸟语，快说说这鸟儿在说些什么？"大臣的儿子说："这只鸟儿说我们不能走上下两条路中的下面这条路，那条路上有麻烦，要走上面这条路。"王子说："是你在撒谎吧？一只无知的鸟儿知道什么！我们不会有麻烦的！"

大臣的儿子没敢争辩，只好跟着王子走。走到一处两边都是悬崖峭壁的狭道时，他们看见前面横着一条死蛇。大臣的儿子说："噢，刚才鸟儿说的话，你没有相信，你看，这不是吗？"

王子是个胆小鬼，一见毒蛇就非常害怕地说："啊嗐，现在怎么办呢？这下我俩肯定不能回家了。"说着就哭了起来。

大臣的儿子说："你别哭，我有办法，我用学到的颇瓦迁魂法将我的魂儿迁到这条蛇的尸体里把它移开。这期间你要好好保护我的躯体，不能摇动，不能受到损伤。"王子满口答应下来。

大臣的儿子将魂儿从自己的身体里迁到了死蛇的身上，那条蛇便蠕动着走开了。这时，王子心生歹念，原来就想害死大臣的儿子，眼看着机会到了，就拿石头砸烂了大臣儿子的躯体，扔进一处山谷中，逃跑了。

大臣的儿子移开死蛇准备把魂儿迁回时，却没有找到自己的躯体。他一下明白是王子使了坏心计，心里很悲伤、很着急，却又无可奈何，任凭魂儿在那山谷间游荡。

过了一会儿，一个老太婆背着一捆柴火过来了，柴火上放着一只死鹦鹉。大臣的儿子知道自己的魂儿不能老是游荡在外头，就迁进了死鹦鹉的身体里。死鹦鹉一下子活了过来。老太婆将鹦鹉带到了家里。这只鹦鹉非常可爱，加上伶牙俐齿，能说人话，全家人都非常喜欢它。

有一天，一个大商人住在这户人家中，鹦鹉对商人说：

大商人您辛苦了,

请进屋慢慢用茶,

酥油奶茶很可口,

远道而来很辛苦;

大商人您辛苦了,

请进屋慢慢饮酒,

青稞美酒很甘醇,

美酒使人很开心;

大商人您辛苦了,

进屋欣赏歌和舞,

美貌少女很可爱。

商人见这只鹦鹉这么能说会道,非常高兴,就用两驮茶和布从老太婆手中换了鹦鹉,带回家里当作礼物送给了自己那个年轻美貌的妻子。商人的妻子将鹦鹉挂在房梁上,每日让它说人话取乐逗玩。

一天,商人到很远的地方经商去了。商人的妻子每天晚上跟这儿的王子厮混,被鹦鹉发现了,鹦鹉说:

我要把听到的一切告诉主子,

我要把看到的一切告诉主子;

我要让好事发扬光大,

我要让坏事不再发生;

我要把白天的事情告诉主子,

我要把晚上的事情告诉主子;

对恩重如山的主子，

不能隐瞒任何事情。

这些话让商人的妻子听到了，她对自己的情夫说："明天你不要来，那个鬼鹦鹉已经发现了咱俩的秘密，若是告诉了我的丈夫，肯定不会有好结果的。"

第二天天刚亮，王子拿起一根棍棒没头没脑地打那只鹦鹉。打了一阵，他以为鹦鹉死了就走了。其实，那只鹦鹉藏在房梁中间没有伤着一根毫毛。

第二天晚上，王子又如期赴约了。他俩正在取乐时，鹦鹉故意说："主子您回来了吗？路上很辛苦吧？请进屋喝茶，慢慢享用青稞美酒。"

王子以为商人回来了，心里很害怕。商人的妻子把绳子绑在王子的腰上从窗户放了下去。刚放下去一点，鹦鹉学着王子的声音说："到了，到了，快放开。"商人的妻子以为真的到了地面，放开了绳子，结果王子头朝地摔死了。

鹦鹉立即将自己的魂儿迁入王子的尸体，返回了家里。

故事讲到这儿，德觉桑布失口问道："他回到家里不是原来的样貌，家人能认出他吗？"话一出口，如意宝尸又"噗哒"一声飞回寒林坟地去了。

茶水之恩以白水相报

拾柒　青蛙和公主

德觉桑布返回寒林坟地将如意宝尸装进皮袋中，用绳子缚紧，气喘吁吁地背着往回走时，如意宝尸又像以前一样讲了一个故事。

从前，一个国王有三个十分漂亮的公主。国王把她们视为掌上明珠，想为她们找一个如意郎君。四面八方的公子哥儿们都前来求亲，但是没有一个令国王满意。

王宫里有一个打水的老太婆，她当了一辈子的差。她的丈夫也是一个给国王当差的仆人。这老两口又穷又苦，常常连口糌粑都吃不上。

这一年，老太婆的膝盖上起了一个疙瘩，一天天肿大，她不能走路，也不能去背水，整天躺在家里不能动弹。过了好多天之后，她的膝盖上的那个疙瘩突然裂开了，从里面跳出了一只青蛙。

老头子很不高兴地说："这青蛙肯定是个妖孽！快把这不祥之物扔出去！"老太婆有些舍不得，但又不敢违背老头子，只能含着眼泪说："谁知道是鬼是怪，是神是仙呢？咱俩连个送茶端水的儿女都没有，说不定老天爷看着咱俩这么孤苦才让这只青蛙来当咱俩的儿子呢！"说着大声哭了起来。

老头子怕老太婆太伤心，就将青蛙留在家里养了起来，但他看着这只扁头大嘴鼓眼的怪物心里老是不舒服，就离家出走了。

从此，这只小小的青蛙就给老太婆做伴儿。老太婆在吃饭时也给它吃一点东西，每天把它抱过来抱过去的，就像抚养自己的儿子一样。小青蛙虽然不能说话，但好像是知道老太婆在疼它，眼睛骨碌碌地转着，十分可爱。

有一天，老太婆闲得没事，就把青蛙放在怀里，开玩笑似的说："哎，你这只小青蛙要是会说人话那该多好啊！可以和我说说话、解解闷哪！"没想到小青蛙真的开口说了："阿妈！阿妈！您不要伤心，我长大了娶个媳妇帮您干活。那时，您就不用这么辛苦了，也不用给国王当差背水了。"老太婆没想到这小青蛙真会说话，而且说出的话是那么合她的心意，不免很感动，越发喜欢小青蛙了。

过了一段日子，小青蛙对老太婆说："阿妈，您不是想有个媳妇来当您的帮手吗？现在时机到了，您去求亲怎么样？"

老太婆吃惊地说："求亲？上谁家去求亲？谁愿意嫁给你这样一只小青蛙呢？再说我们又这么穷！"

"您大胆地到国王跟前说：'您有三个公主，一个公主嫁给我儿子吧。'他肯定会答应。"小青蛙说，"这样您干活不是就有个帮手了吗？"

老太婆笑着说："你这只小青蛙真会开玩笑！国王会把公主嫁给你吗？"

小青蛙连连乞求着说："阿妈，您可一定要去啊！"

老太婆不好拒绝，就答应去试一试。她整了整衣服，系好腰带，披上一件皮上衣，到国王跟前说："大王，老太婆我有事要求您。"

国王问："有什么事啊？是没有吃的了，还是没有穿的了？"

老太婆说："不是缺吃少穿，我是来为我的儿子求亲的。大王您有三个公主，一个给我儿子做媳妇吧。"

听了老太婆的话，国王又气又笑，说："这老太婆大概是疯了，要不就是头脑发热了，要不怎么会说出这样的疯话呢？我的女儿嫁给你的儿子，天底下哪有这样的道理？哼！把这老太婆给我赶出去！"说着就让人把老太婆赶出了宫外。

老太婆心里埋怨着小青蛙，回家骂道："你这个自不量力的小傻瓜，让我去讨了个没趣！俗话说得好：'孔雀不与乌鸦结伴，大象不与黄牛同行。'以后要知道自己是个什么东西，不要再胡思乱想了！"

小青蛙跳起一丈高，说："哎呀呀，我自己去求亲，他不给也得给，您就等着瞧吧！"小青蛙连爬带跳地跑到宫殿门前，大声喊道："喂，国王和大臣们听着，我是背水老太婆的儿子，我是来向国王求亲的，快开门，我要进宫！"

国王和他的大臣们听到了叫喊声。这叫喊声像雷鸣一般轰轰地响着,震得耳朵发痛。从窗户往外看时,只看见一只小青蛙在叫喊,国王就问:"你在干吗?你为什么这样大喊大叫?"

小青蛙说:"我是背水老太婆的儿子,我的阿妈前来求亲,你却把她赶了出去,这是不合情理的。虽然这样,出于礼貌,我还是亲自来了,现在你的女儿嫁不嫁给我?"

国王"哈哈"大笑,看着左右说:"你们听见了吗?这么只小青蛙也在说大话!世上哪有这样的道理!"接着又对小青蛙说:"我的三个鲜花一样的女儿,能嫁给你这样一个牛粪似的东西吗?赶快滚开,要是不快点滚开,我要放出猎狗吃了你!"

小青蛙说:"你要是真的不答应,我就要笑!"

国王说:"你想笑就笑吧,就是笑断了肠子也不关我的事!"

小青蛙就"哈哈哈"地大笑起来,笑声使得大地都震动起来,震得宫殿都左右摇晃,国王和大臣们晃来晃去,站不稳脚跟。房顶上"沙沙"地掉下土来,眼看房屋就要倒塌了,国王慌忙从窗户里伸出头说:"你不要笑了,我去问问三个女儿谁愿意嫁给你。"

国王进去问了大公主,大公主说:"父王啊,您是不是不喜欢我?要不怎么会把我嫁给背水老太婆的儿子呢?再说它还是只又小又丑的青蛙呢!我死也不愿意去!"

国王又返回来对小青蛙说:"不是我不想把女儿嫁给你,是她自己不愿意呀!她说你又小又丑……"

小青蛙又说:"噢,你要是不肯把公主嫁给我,我就要哭！"

国王说："你想哭就哭吧，哭也没办法。女儿不愿意嫁给你，我有什么办法？俗话说得好：牤牛不想饮水，按住脖子也没用！"小青蛙张大嘴巴"呜呜呜"地哭了起来，眼泪像暴雨似的落下来，宫殿周围很快就被水围住了，眼看着宫殿就要被淹没了。

国王大惊失色地说："你不要哭了，我再去问问谁愿意嫁给你。"他进去问了二公主，二公主说："父王啊，三个女儿当中您是不是最不喜欢我呀？要不怎么会把我嫁给一个女仆的儿子呢？"

国王跑回来对小青蛙说："实在没有办法了！二女儿也不愿意嫁给你，她嫌你是女仆的儿子。"

小青蛙说："你要是还不肯把公主嫁给我的话，我就要跳！"

国王说："你笑也笑了，哭也哭了，想跳也由你了。"小青蛙就跳了起来，而且越跳越高，跳得宫殿整个晃动起来，国王吓得面如土色，大声说："你就不要跳了，我去问问小女儿愿不愿意嫁给你。"

国王进去问小公主，小公主说："它有这么大的本事，就是女仆的儿子也无妨；为了不让父王、母后受惊，就是做青蛙的妻子我也愿意。"国王这才放下心来，对小青蛙说："好，那么就把我的小女儿嫁给你吧。"他为小公主备了许多绫罗绸缎和金银首饰的嫁妆，让她嫁给了小青蛙，而两个姐姐却在后面咒骂着小妹妹。

老太婆看见小青蛙果然娶来了国王最善良最贤惠的

小公主，心里既为儿子有这样的本事而高兴，又为家里穷，怕姑娘住不惯而担忧着。谁知小公主竟没有一点架子，一进屋就帮老阿妈打扫屋子，背水做饭。

过了一夜醒来时，他们住的那个破房子变成了一座高楼，里外都很亮堂，像水晶宫殿一样，里面应有尽有，连国王的宫殿都显得很逊色。这时，老阿妈和小公主才知道，小青蛙原来是龙王的儿子。

他们正在幸福地生活时，一天小公主说："咱们请两位姐姐过来坐一坐吧，现在虽然不用靠她们，但我和她俩毕竟是姐妹呀，认一认家门还是应该的。"

小青蛙说："你的两个姐姐心肠很坏，还是不叫她俩的好！"小公主坚持要请两位姐姐，小青蛙也只好答应了。但是小青蛙叮嘱小公主千万不能把自己晚上脱下蛙皮变成人的秘密告诉她们。

两个姐姐被请到了家里，看见妹妹住的房子比国王的宫殿还豪华漂亮，心里暗想："一个背水老太婆的家怎么可能这么富呢？"心中不免生起一丝疑惑。

晚上喝酒时，她俩敬了小妹许多酒，把她灌醉了。小公主喝醉后就把小青蛙是龙王的儿子，他披上蛙皮是为练好本领和妖魔决斗，晚上脱去蛙皮就会变成一个翩翩少年等秘密全部告诉了两个姐姐。

两个姐姐一听是这样，对妹妹生起了一股强烈的嫉妒心，随之心生歹念，把她从窗户推进了一口很深的井里。谁能想到两个姐姐会害死自己的亲妹妹呢？

小青蛙来到楼上时，大姐穿上小妹的衣服装成了小妹,二姐撒谎说:"大姐已回宫去了。"小青蛙没能分辨出真假,但是起了很大的疑心。

不知什么时候,从水井里长出了一棵核桃树,树上结满了核桃。老阿妈和小青蛙吃那核桃时觉得很好吃,而小青蛙的"妻子"吃那核桃时却很苦口,于是她就把核桃树砍掉烧成灰烬撒进了地里。

没多久,地里长出了许多青稞。老阿妈和小青蛙吃了像蔗糖一样甜,小青蛙的"妻子"吃了像黄连一样苦,于是她把青稞全撒进了河里。

青稞随后全变成了小鸟,其中的一只小鸟落在了青蛙背上,小青蛙把它带进屋里,小鸟就把自己受害的经过详细地告诉了小青蛙。小青蛙知道了这只小鸟是小公主变的,就把两个姐姐赶出了家门,他们一家三口又像以前一样过上了幸福的生活。

故事讲到这儿,德觉桑布失口说:"小公主是不是又变回了原来的样子?"话一出口,"噗哒"一声,如意宝尸又飞回了寒林坟地。

拾捌　不说话的姑娘

德觉桑布返回寒林坟地背着如意宝尸往回走时，如意宝尸开口说："喂，小伙子，这路途又远，天气又热，我们还是讲个故事解解闷吧。"他想："你害得我跑了这么多的冤枉路，这次我绝不会开口说话。"便只顾低头走路，没加理睬。如意宝尸说："你不想讲就由我来讲吧。"于是，它又讲了一个故事。

以前，在后藏的一个地方，官人的儿子、富人的儿子、穷人的儿子结为了兄弟，彼此都很关心，有什么事都一起商量着办。

一天，穷人的儿子说："听说在这条山沟的尽头住着一位美丽善良、勤劳能干的姑娘，每天好多人前去求亲，她却像个哑巴似的不说话……"他把他听到的这个消息告诉了两个好朋友，他的两个好朋友也对这位特别的姑娘产生了兴趣。

官人的儿子出了个主意说："咱们若能说服那姑娘，娶来做妻子该多好啊！这样吧，要是我娶到她，富人的儿子的财富一半归我，穷人的儿子终身做我的仆人；要是富人的儿子娶到她，我的田产一半归他，穷人的儿子终身做他的仆人；要是穷人的儿子娶到她，我的一半的田产归他，富人的儿子的一半财富归他。"富人的儿子和穷人的儿子认为这主意不错，个个赌咒发誓说要娶到那姑娘。

官人的儿子费了好多心计，第一个去山沟里向那位姑娘求亲。他骑着高头大马带着大队人马，驮着许多金银珠宝，来到姑娘跟前。但是不管他怎样摆阔，也未能打动姑娘的心；花言巧语说得他舌头上起了泡，也不能使姑娘开口说话。这样，官人的儿子待了几天就无可奈何地回去了。

接着富人的儿子盛装打扮了一番，带着无数贵重的礼物，领着一帮跳舞的人，浩浩荡荡地走到山沟里，把能够摆的全摆上了，把能够吹奏的乐器全部吹奏起来，费尽了心思也没能打动姑娘的心，没能使姑娘开口说一句话，便垂头丧气地返回了。

最后轮到穷人的儿子前去求亲了。他一没有花花绿绿的衣服，二没有美味可口的食物，就像俗话说的："白天没有需要放牧的牛羊，晚上没有需要守护的财产"，只带着一袋糌粑就上路了。

走了一天，他在一个山洞旁看见了一个老太婆。她已经很老了，头发白如海螺，眼睛绿如松石，嘴里没有一颗珍珠般大小的牙齿。她坐在一块石头上，扶着拐杖，正吁吁地喘着气。

他问道："老奶奶，您怎么了，我能帮您什么吗？"

老太婆抬起头说:"你真是一个好心的小伙子啊。我这是饿的,你可以给我一点吃的吗?"

小伙子就把糌粑口袋给了她。她吃了一点就把糌粑口袋还给了小伙子,说:"好心的小伙子,你这是去哪儿呀?"

他说:"老奶奶,不瞒您说,我是到这条山沟的尽头求亲去的。"

老太婆又问:"噢,是谁家的闺女呀?"

他说:"是那位不说话的姑娘。"

老太婆说:"啊啧,是她呀!她可对官人的儿子和富人的儿子也没有说话呀!你去了能成吗?她一来不看重地位,二来不贪图财物,像是在一心一意地等着一位心上人。你就去试试吧,但愿你能成功!"

小伙子准备起身时,老太婆又叫住他说:"小伙子,你是个善良的人,我告诉你一个秘密。其实那位姑娘每天在想着一件稀奇古怪的事,心里很悲伤,所以才不愿开口说话。"

他就问:"她在想什么稀奇古怪的事呢?"

老太婆说:"她不知是从哪儿听说的,起初她是一只画眉鸟,每天唱着歌儿飞来飞去十分开心,后来有了三只小画眉,就更加快活了。有一天发大水,把她的三只羽毛未丰的小画眉给淹死了,她和她的丈夫为了救孩子也被淹死了。后来,她轮回投生为一只山雀,还生了一窝雀儿。一天她去觅食时,一个顽皮的小孩子玩火,不小心燃起大火,把还未长出羽毛的雀儿们给烧死了,她和她的丈夫也双双跳入火中烧死了。再后来，她轮回投生为一只母老虎，生了两只虎仔。有一天，来了一帮猎人把他们一家射死了。这一次，她投胎成了一个女儿身。她想着前世的事情，觉得亲情、姻缘全是痛苦的根源，所以整天忧伤不已，不开口说话。"

小伙子仔细地听着，一一记在了心上，他向老太婆道了谢，走向山沟尽头。

姑娘看见来了生人，立即钻进房子关上门藏了起来。小伙子装作没有看见的样子站在门口说："啊啧，我俩的命有多苦啊！看见我来了你为何藏在屋里不出来？难道你全忘记了吗？起初咱俩投生成了一对画眉鸟，高高兴兴地生活时，为了救被洪水冲走的孩子们，自己也淹死了，这样咱俩又没能在一起。"

听了这番话，姑娘的心里一动，有些感动，走出房门装作织布的样子，仔细听他说话。

小伙子发现这话管用，就接着说："啊啧，难道你已经忘了吗？后来，咱俩投生成了一对山雀，想一辈子在一起幸福地生活，没想到一个顽皮的小孩点着了咱俩的窝，把咱俩的孩子们烧死了，咱俩也跳进火里烧死了。这样，幸福的日子又中断了。"

说到这儿，姑娘停下织布仔细地听着。

"再后来，咱俩投生成一对老虎，还生了一对虎仔，后来碰上几个狠心的猎人，把我们全家给射死了。这辈子你生在了这个地方，我生在了山脚下一个穷人的家里，受尽了苦。我跑到这儿来看你，你却不顾前世的姻缘，关上门不理睬我,我可是万万没有想到啊!"说着大声哭了起来。

姑娘放下手中织布的梭子,抱住他哭着说:"唉,今生今世咱俩再也不能分开!前一天,显赫的贵人、富有的财主前来求亲,我都没有动心,我一直在等着你!"

这样,他就娶了那位姑娘,官人的儿子把一半的田地分给了他,富人的儿子把一半的财产分给了他。他们过着幸福美满的日子,姑娘也渐渐忘记了前世所受的磨难。

讲到这儿,如意宝尸故意问:"你能猜出那个老太婆是谁吗?"德觉桑布失口说:"可能是姑娘的奶奶吧。"话一出口,如意宝尸又"噗哒"一声飞回寒林坟地去了。

拾玖　诚实的马夫

德觉桑布返回寒林坟地背起如意宝尸往回走时，如意宝尸开口说："喂，朋友，这次我再给你讲一个故事，你可要记在心上啊！"接着又讲了一个故事。

从前，有两个很大的部落，属于两个部落的领地、百姓和牛羊基本上一样多，不相上下。很久以来，两个部落谁也没有伤害过谁，就像是长在岩石上的柏树，过去了好多个绕迥①。

后来，上部落的头人起了坏心，想把下部落的财富据为己有，心里成天想着坏主意，贪念在心头像野草一样滋长着。他有事没事总到下部落喝酒，处处打探下部落有多少财富。

一天，上部落的头人又到下部落喝酒，喝到兴致时，大肆吹嘘了一番，问下部落的头人："你说说你们部落到底有多少财富，我们应该互相有个了解才是。"

---

① 绕迥，藏历纪年法，六十年为一绕迥，第一绕迥始于公元1027年。

下部落的头人也不甘示弱，涨红了脸说："哈哈，要说财富嘛其实也没有多少，我的部落有一匹枣骝鹏眼神马，是龙王的孙子，跑起来像风一样快，确实是一件宝物。另外，有一个从来不撒谎的诚实的马夫，也是我们部落的一大荣耀。"

上部落的头人说："啊哈，你说你有一匹宝马，这我相信，但是你说一个马夫从来不撒谎，谁会相信呢？"下部落的头人坚持说自己的马夫从来没撒过谎。他俩就争了起来，但是谁也没有说服谁。

最后，上部落的头人说："这样吧，今天咱俩白纸黑字赌一把，我去试一下你的马夫，如果他真的不说谎，我就把我的领地和牲畜分一半给你；如果说了一句谎话，那就把您的领地和牲畜分一半给我，这样行不行？"下部落的头人同意了他的建议，当着众人的面写下契约。

下部落的头人所说的那个马夫在山沟尽头的一片牧场上放牧着一群马，那匹枣骝鹏眼神马也在其中。一天晚上，一个漂亮的女人到他的住处求宿，说是迷路了。这个女人住了三天，却丝毫没有要走的意思，反而帮马夫搭帐篷、放牧、做饭，马夫的心里涌起一股从未有过的幸福和温馨的感觉，也就没说什么，让那女人住了下来。从此，小小的帐篷里充满了欢声笑语，像是过节一样。

许多天后的一天晚上，那个女人突然头痛难忍，满头大汗，在帐篷里滚来滚去的。这可把马夫给吓坏了，他连连问有什么药可以治这种病。开始，女人什么也不说，在他的再三追问下才说："有办法治好，但就怕你不肯啊！"

马夫说:"只要有办法,就是割我自己的肉我也愿意!"

女人说:"那好,那匹枣骝鹏眼神马是龙王的孙子,只有吃了它的心和肝,才能治好我的病,不然就只有一死了!"

听了女人的话,马夫也左右为难起来。他想:"这匹枣骝鹏眼神马不仅是世间少有的宝贝,而且又是我们部落的一大荣耀,我怎么能杀它呢?"但是他又不忍心眼看着那个女人死去,心里很痛苦,怎么也睡不着,披上皮袄走出去抚摸着神马的脖子,不由得流出了眼泪。

这时,神马突然开口说:"伙计,你不要太伤心了,快杀了我救那个女人吧!她的话我全听见了,你就不要为我伤心了。明天,你把我带到牝马群里配一下,然后杀了我,取我的心和肝治那个女人的病吧!"

神马说了人话,马夫感到很惊奇,更加不忍下手了。可是神马用蹄子刨地连连催他,他也就答应这样做了。他先带神马配了种,然后取下心和肝送给了那个呻吟不止的女人,她的病立刻好了。

第二天,他出去放马,那个女人也出走了,再也没有回来。其实,那个女人根本就没有迷路,也没得什么病,她是上部落头人的老婆,是奉丈夫之命前来试探马夫的。这下,她得了神马的心和肝,就很得意地向丈夫炫耀自己的本事去了。

上部落的头人拿着神马的心和肝立刻赶到下部落的头人跟前说:"哎呀,你的那个诚实的马夫杀死了枣骝鹏眼神马,现在你把他叫来问一问,看看他说不说谎。"

下部落的头人听了这话，加上亲眼看到了马的心和肝，只好无可奈何地派人去叫马夫。马夫一听说头人在叫他，就想到是枣骝鹏眼神马的事。他对自己的所作所为感到了深深的后悔，但事已至此，就得老实认罚受惩。这样一想，他的心里反而像是扔掉了一块包袱，走路也觉得轻松起来，很快就到了头人的帐篷里。

头人的帐篷里有很多人，上部落的头人坐在正中间，脸上露出得意的奸笑。

头人问："噢，你来了吗？"马夫回答说："接到主人您的话，我就立即赶来了。"头人问："那匹枣骝鹏眼神马现在怎么样啊？"马夫往前走了一步，说："主人，那匹枣骝鹏眼神马……为了救一个女人，我把它杀了……这都是我的错，请处罚我吧……"

上部落的头人听到这话，就像是听到了一声晴天霹雳，一下子惊呆了，"唉呀呀"地叫了起来。下部落的头人微笑着说："这下你该相信他是个不说谎的人了吧。"

正如俗话说的"害人等于害自己"，结果，上部落的头人输掉了一半的领地、一半的牲畜、一半的百姓……

故事讲到这儿，德觉桑布失口问："那匹枣骝鹏眼神马到底留了几个马种？"话一出口，如意宝尸又"噗哒"一声飞回寒林坟地去了。

害人等于害自己

貳拾　牧羊少年

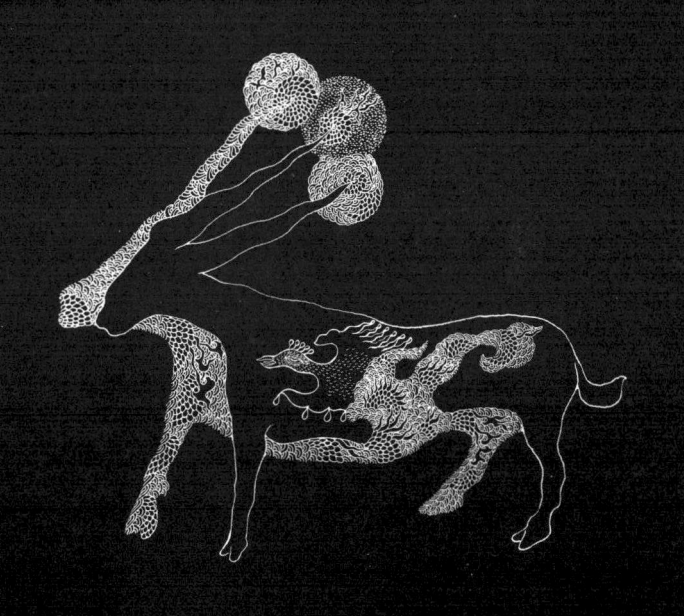

德觉桑布又像以前一样返回寒林坟地,背起如意宝尸往回走时,如意宝尸又讲了一个故事。

从前,有一个小孩子从小失去父母成了孤儿,一位好心的邻居收养了他。当他长到十五六岁时,这一家的女主人去世了,主人又找了一个十分刻薄的老婆,少年待不住,就背着自己仅有的一件皮袄流落到了他乡。

主人虽然不愿意和这个聪明的孩子分开,但又不敢得罪老婆,就装了一些饼子、曲拉、炒青稞给少年送行。到了一个三岔路口,他对少年说:"孩子,你就要一个人出门远行了。一路上要注意寒暑和野兽,俗话说得好,'朋友百个算少,敌人一个算多',你要记住,一定要多交几个朋友!"

少年点了点头,眼里盈满了泪水,告别养育自己的恩人,上路了。

少年走了几天后,就做了一户富人家的牧童,每天出去放羊,混一口饭吃。主人每天给他一小袋糌粑作干粮,他用吃剩的糌粑养了一条狗、一只猫和一只鹦鹉。每天傍晚把羊群赶回羊圈，他就回到自己的住处，把小猫搂在怀里，让小狗趴在前面，让鹦鹉落在晾衣绳上，一边给它们喂糌粑，一边自言自语着，倒也觉得快活自在。

这一年，突然发生了一件不幸的事。他在山上放羊时，害了一场大病，全身红肿，流着脓水，嗓子嘶哑不能说话，躺在自己的小屋里只能转动着眼珠子，没能去放羊。主人怕这个流浪儿死了，每天送来一些茶和糌粑，也不问他能不能吃。

少年的病情一天比一天加重了，一天他又发高烧，身上就像火烧一般难以忍受，觉得喝干了大海的水也难以解渴，头沉得怎么也抬不起来，就认为自己可能快要死了。

这时，他听见房子里有两个声音在说话，其中一个声音深深地叹了一口气说："我们的好朋友这次害了大病，一没有人照顾，二没有人治疗，三没有人关心，多可怜啊！"另一个声音也深深地叹了一口气说："是啊！我们想帮他，他又听不懂我们的话，说了也是白说。"

听到这番话，他奇怪地想："平时没人来这屋子里，是谁在说话呢？"睁开眼睛时，他看见小狗和小猫在面对面地坐着聊天。

小猫又说："你说我们的朋友得的是什么病？有没有什么治疗的办法？"小狗说："这病是他放羊回来时碰了毒刺而得的，其实治疗的办法也很简单，只要用黑山羊的血洗一遍身子，吃下黑山羊的肝就好了，但是我们没办法告诉他。"

少年听了觉得很奇怪，开始不太相信，但转念一想也许会管用，就在第二天送饭时，把情况转告给了主人。主人觉得他是个好孩子，想治好他的病，就杀了一头黑山羊，用血洗了他的身子，并让他吃下了肝子。过了一天，少年的病果然好了，恢复了健康。

又过了好久，主人的孩子突然得了一种头痛病，发作时痛得在地上打滚，呻吟不已。主人花了不少钱拜佛、祈祷、做法事，也无济于事，孩子的病情反而一天比一天加重。主人十分担心，也懒得打理家里大大小小的事。牧羊少年每天去山上放羊时，心里也像是装了一块冰凉的石头，非常难过。

一天晚上，他正在半梦半醒之时，听到了两个声音在说话。

一个说："我们主人的孩子的病，就是求再大的活佛也没用！你看他们忙忙碌碌的，多傻呀！"

牧羊少年奇怪地睁开眼睛时，看见鹦鹉正在对小狗说话。这时，小猫问："是啊！可是怎么治这个病呢？"

鹦鹉说："其实很简单，他这得的不是别的病，而是他睡着时一只蜘蛛钻进了他的耳朵。蜘蛛一天天长大，吃他耳朵里的耳髓，他的头就很痛。治疗的办法是在一个蓝围帐里生上火，洒些水，让病人坐在里面擂鼓，蜘蛛以为是夏天的雷声，就会带着小蜘蛛出来，那时趁机捉住它们，这样不用治疗也会自动好起来的。"

小狗说："可是他们听不懂我们的话，有什么用呢？"

少年把这番话一一记在心里，第二天原原本本告诉了主人。主人虽然不太相信，但一时又没有别的办法，就答应试一试，把孩子交给牧羊少年治疗。

牧羊少年按鹦鹉说的用蓝布围起围帐，让病人坐在里面，生了一盆火，在地上洒了许多水，对着病人的耳朵使劲地打鼓。一会儿之后，从病人的耳朵里钻出来大大小小许多蜘蛛，主人也看了个一清二楚，连忙把那些蜘蛛弄死，他的儿子的病也就全好了。

主人非常感激牧羊少年，觉得他是个正直善良、勤劳能干的孩子，就把自己的女儿嫁给了他，还给了她一笔丰厚的嫁妆。

故事讲到这儿，德觉桑布发问道："我问你，牧羊少年以前听不懂动物的话，后来怎么又听懂了？"如意宝尸没有回答他的问话，"噗哒"一声飞回了寒林坟地。

朋友百个算少
敌人一个算多

贰拾壹　石狮子开口

德觉桑布急忙赶回寒林坟地，看见那如意宝尸早已在树上。他取出月形斧子做出砍树的样子，如意宝尸便乖乖地爬下树，钻进了百纳皮袋里。他用花花绳子绑住口袋背在身后往回走。

走了一会儿，如意宝尸开口说："喂，兄弟，这一路上只有咱们两个人，怎么也得想个法子解解闷呀。"德觉桑布心想："你这可恶的家伙总是让我上当，这回我怎么也不上你的当了。"这样想着便都没理它，继续往前走。这时，如意宝尸又说："噢，既然你不开口，那就让我来讲个故事吧。"

从前，在一座山脚下住着两户人家，一户贫，一户富。穷人每天上山打柴过日子。每天他上山时总要带上点糌粑，中午不回家吃饭。这样，他就可以多打一些柴火，多换一些食物。

山上没有人住，只有一个石狮子。他总是细心地将打来的一大堆柴火捆好之后，才坐下来休息吃糌粑。每次他吃糌粑时总是坐在石狮子旁,将糌粑和酥油放在石狮子的石座上。吃饭之前,他总是将一撮酥油糌粑放进石狮子嘴里,说:"石狮子大哥,请用一点酥油糌粑吧。"这样不知过去了多少天。

有一天,他跟往常一样对石狮子说完那句话时,石狮子开口说:"谢谢你,兄弟,你真是个心地善良的人。你虽然只有一点点糌粑,却总是想着别人。谢谢你每天供给我食物。"

穷人开始很害怕,但慢慢觉得石狮子不会伤害自己,便安下心来说:"石狮子大哥,这儿也没人管你,我给你供点糌粑也是应该的。唉,我是个穷人,没什么更好的来敬奉你。"

石狮子说:"噢,你真是个有心人。明天太阳没出来之前你来这儿,我要报答一下你。你带上一个口袋,我给你装点东西回去。"

穷人答应了,背着柴火回了家。第二天天刚亮,他带上平常带的那个糌粑口袋上山去打柴火。走近石狮子时,石狮子说:"兄弟,你来了吗?"这时,他才想起昨天石狮子说的话,急忙回答说:"噢,是呀,我来了。"

石狮子说:"现在我张开嘴,把你的手从我的喉咙里伸进去掏就能掏到金子,你能掏多少就掏多少,掏出来往袋子里装。可你得记住:太阳没出来之前你要把手取出来,太阳出来后我就会闭上嘴巴的。"他连连说"是,是"。

石狮子立刻张开了嘴巴,他把手伸进喉咙里果然掏到了金子。一会儿工夫,就把他那小小的糌粑口袋给装满了。他便说:"石狮子大哥,谢谢你啊!"

石狮问:"你的口袋装满了吗?你拿个大点的袋子就可以多装一些金子。"

"这些金子我一辈子都用不完,你看看,有这么多,还不够吗?"他说着提起了袋子。这时,太阳也出来了,他打了一捆柴火回家去了。

从那以后,他就再没有上山打柴火。有那么多的金子,所以他也没什么发愁的。牛羊有了,房子盖了,不愁吃不愁穿,真像俗话说的"家畜满圈,五谷满仓"了。

他的这些变化被富邻居看在眼里,百思不得其解,心想:"这家伙以前穷得叮当响,现在突然变成个大户了,该不是偷来的、抢来的吧,我得问个清楚才是。"他便装作串门到穷汉家里,对他说了许多客套恭维的话之后,问是怎样发家致富的。穷汉是个老实人,就一五一十地把事情的经过全都告诉了邻居。富邻居听后既羡慕又嫉妒,心里生起了一股无法按捺的贪念。他想:"自己为什么就没有遇上这样的美事呢?"并发出长长的叹息声,然后他把石狮子的方位、怎样打柴火等打听清楚才回家去了。

回到家里,他胡思乱想,一夜都没有合眼,心里一直想着:"我得去打柴火,我得去找石狮子。"

从此,他便每天穿着一件破皮袄上山打柴,带上一些糌粑在石狮子旁边吃,按穷人说的说了许多客套话。这样过了几天也没有任何动静。他的心里就有点紧张起来,心想:"是穷汉对他撒谎了,还是石狮子不相信他。"虽然这样想,但为了求得金子,他还是不辞辛苦地坚持了下来。

有一天,石狮子终于开口了:"打柴火的这位伙计,这么长时间你都招待我,现在我也该报答报答你了。"

他听到石狮子说话非常兴奋,说:"啊啧,啊啧,多谢,多谢,我家里有多穷,您是应该知晓的。"

石狮说:"别着急,明天早上你带个袋子来,我会帮你的。"

他连连说:"好的,好的。"

第二天一大早,他拿了一个大皮袋来到了山上。石狮子张开嘴巴让他把手伸进喉咙里掏金子,并说:"一定要记住,在太阳出来之前要把手取出来。"他点头答应了,一把一把地掏,把一块一块的金子往皮袋里装。

过了一段时间,石狮子问:"够了吗?现在天快亮了。"

他说:"嘞索!嘞索!皮袋还没有装满呢,让我再掏几把吧。"

他继续一把一把地掏金子往皮袋里装,但因皮袋太大还是没有装满。这时,石狮子又提醒他说:"够了吗?太阳快出来了!"

他说:"好,好,再掏几把就够了。"

当他再次把手伸进石狮子嘴中时,太阳发出万道金光,从东山顶升起来了。随之,石狮也闭上了嘴巴。这时,他哭叫着说:"我的手,手啊!"可他已无法将手抽出来了。

故事讲到这儿,德觉桑布不经意间说了声:"他活该!"话一出口,那如意宝尸就"噗哒"一声又飞回寒林坟地去了。

捡起地上的石头
丢了怀里的橙耙

贰拾贰　魔鬼三兄弟

德觉桑布心里一阵难受,再次返回寒林坟地背着如意宝尸往回走。走了几步,如意宝尸说:"大哥,你不要生气了,俗话说'鞋子虽破能御寒',咱俩是远行的朋友,怎么能互相不理睬呢?还是讲个故事解解闷吧。"于是,它又讲了一个故事。

从前,有魔鬼三兄弟,他们都没有娶媳妇。听说这个地方的一户人家里有一位美丽能干的姑娘,他们就去求亲了。魔鬼三兄弟异口同声地说道:

这座山岭的那边,
宽敞平坦草地上,
住着我们三兄弟,
无边法术赛神仙。
金银珠宝堆满仓,
马牛羊群满山坡,
良田万顷无边际,

累累果实堆如山。
快把姑娘嫁我们,
荣华富贵如王宫,
我三兄弟来这儿,
是前世积的姻缘。

听了他们的话,姑娘的老母亲说:

我的漂亮女儿,
美貌赛过仙女,
我的漂亮女儿,
性情温和善良。
即便用斗量金,
休要妄想换取,
即便千里马驹,
别做痴心妄想。
我现年事已高,
全靠姑娘养活,
膝下没有儿子,
全靠姑娘撑家。
我这懂事姑娘,
怎能随意嫁人,
羽毛丰美孔雀,
怎能逐出家门。
你等前来求亲,

当是我家荣耀，

说出姑娘名字，

才算与她有缘。

魔鬼三兄弟平时虽然足智多谋，但怎么也猜不出姑娘的名字，面面相觑，无可奈何地回家了。

他们在回家的路上碰见了一只兔子，就问："兔子大哥，你这是去哪儿呀？"

兔子说："我去找些果子吃。"

"你不用去找果子了！你要是能帮上我们的忙，要多少果子都可以。"

"有什么事快说吧，看看我能不能帮上忙。"

"你去打听一下上边这户人家的女儿叫什么名字。"

"这很简单，我这就去。"兔子说着，蹦蹦跳跳着跑去了。

它蹲在那户人家的窗户底下偷听时，听见老阿妈对女儿说："拉萨梅朵①，拉萨梅朵，天快要下雨了，你把房顶上晒着的曲拉收了吧。"

这样，它就知道了姑娘叫"拉萨梅朵"，并把这个名字牢牢记在心里。一路上念叨着赶往魔鬼三兄弟的住处时，从树上掉下了一颗吉日果，把它吓了一大跳。当它看清是个吉日果时很想吃，可又怕耽误了魔鬼三兄弟的正事，就没敢吃。可是这一惊一乍，竟把那户人家女儿的名

---

① 梅朵，藏语人名，意为"花朵"。

字忘掉了一半,只记得"梅朵"。它怎么想也没想出那半个名字,就自己起了个"吉日梅朵"的名字,念叨着赶到魔鬼三兄弟的家里说:"那户人家的女儿名叫'吉日梅朵'。"魔鬼三兄弟又去求亲,说:

拨开泥土显石头,
河水干了露沙子,
你家女儿姓和名,
已被我们打探到,
快把姑娘嫁我们,
福运高照你们家。

老阿妈说:

冈底斯雪山闪银光,
最耀眼是那水晶石;
我姑娘名字叫什么,
若知道请你说出来。

魔鬼三兄弟说:"你的女儿名叫'吉日梅朵'。"
老阿妈说:"不对!不对!她不叫这个名字,你们不知道就赶快离开!"

这样,他们又无可奈何地回去了。回去的路上碰见一只狐狸,说:"狐狸大姐,请帮我们办件事,我们家里的肉任你吃。"

狐狸问:"我帮你们办什么事啊?"

他们说:"你去打听一下上边这户人家的女儿叫什么名字?"

狐狸跑去藏在了那户人家的门背后。过了一会儿,听见老阿妈对女儿说:"拉萨梅朵,天已经黑了,你去给花母牛添点草。"

狐狸反复念叨着"拉萨梅朵"这个名字赶向魔鬼三兄弟家里。过一条小河时,它看见水里游着一条大鱼,就想捉鱼,可又怕耽误了魔鬼三兄弟的正事,于是只好继续往前走。可是这一分心,竟把姑娘的半个名字给忘掉了,只记得"拉萨"两个字,就自己编了一个"拉萨那毛①"的名字回去对他们说:"那户人家的姑娘名叫'拉萨那毛'。"

魔鬼三兄弟赶到那户人家说:

地上的路儿越走越熟,
天上的星星越出越多,
姑娘的名字已经知道了,
快把女儿嫁给我们吧。

老阿妈说:

满天乌云不见下雨,
石头上面长不出庄稼,

---

① 那毛,藏语人名,意为"鱼儿"。

你们说得够多了,

快快说出我女儿的名字。

魔鬼三兄弟说:"你的女儿名叫'拉萨那毛'。"

老阿妈说:"不对!不对!我的女儿不叫'拉萨那毛'。"魔鬼三兄弟又无可奈何地回去了。路上,他们碰见了一只乌鸦,说:"乌鸦大叔,你去打听一下上面那户人家的女儿叫什么名字,回来我们感谢你。"

乌鸦听了飞到那户人家的经幡旗杆上,听见老阿妈说:"拉萨梅朵,天已经不早了,快灭了松明灯,别再织氆氇了,念一遍《度母经》休息吧。"

乌鸦心想:"噢,这家的姑娘叫'拉萨梅朵',就是长在拉萨的花的意思。"它嘴里反复念叨着"拉萨梅朵"这个名字,飞到魔鬼三兄弟的家里说:"那户人家的姑娘名叫'拉萨梅朵'。"他们听了说:"兔子说叫'吉日梅朵',狐狸说叫'拉萨那毛',结果都不是,这次叫'拉萨梅朵'肯定错不了。"于是又跑去求亲了。老阿妈觉得这说出去的话就像射出去的箭,没法收回,见他说对了女儿的名字,就不得不答应了这门亲事,送了一匹白马做女儿的嫁妆。

姑娘自嫁给魔鬼三兄弟后就一天到晚忙个不停,还经常挨打挨骂,像个女仆一样,受尽了苦头。

一天,魔鬼三兄弟出门时对姑娘说:"你待在家里不要乱跑,干好家务,千万不能打开后墙上的那扇门!"

他们走后,姑娘虽然不敢随意走动,但对后墙上的那扇门产生了一股好奇心,慢慢地打开一道缝一看,啊啧啧,里面全是白白的死人骨头。人骨中间,一个皮包骨头的老太婆说:"好姑娘,你赶快跑吧!魔鬼三兄弟会吃你的,穿上我的这张人皮赶快跑吧!"说着老太婆把自己的人皮给了姑娘。姑娘穿上老太婆的人皮,骑上那匹给她做嫁妆的白马逃走了。

姑娘逃到另一个地方,为一户人家背水拾柴混日子。每天早上到水边梳头时,就脱下人皮,露出她原先的美貌和好身段。看见别人来了,她又立即穿上人皮变成一个老太婆,谁也认不出她,同时也不用担心魔鬼三兄弟会认出她,把她领回去。

一天早晨,她正在梳头时,被王宫里的马夫看见了,他对国王说:"河边有一个百里挑一的绝色美女。"国王赶来看时,却是一个老太婆,就以为是马夫在撒谎,狠狠地打了他一顿。

马夫被无端地打了一顿,很不服气,心想:"奇怪!我明明看见了一个美女,怎么转眼就变成了一个老太婆呢?"第二天,他又偷偷地跑到河边去看。等姑娘脱下人皮准备梳头时,马夫一把抢过那张人皮,扔到了河心,他把姑娘献给了国王,让她成了国王的妃子。

没过多久,国王准备去山里闭关静修一年。这时,王妃已经怀孕快要生了。国王为了消灾禳祸,只好走了。国王走后不久,王妃就生了一个儿子。她写了一封信让马夫给国王送去。

马夫带着信走到一座大桥时,看见三个人在那儿喝酒。他是个嗜酒如命的家伙，也加入他们中间喝起酒来。常言说"酒后失言"，他喝着喝着就把自己怎样识破穿着老太婆人皮的姑娘，怎样把姑娘献给了国王等所见所闻全部告诉了他们。

这三个人不是别人，正是那魔鬼三兄弟。他们没有找到自己的媳妇，就在这儿等着，听了马夫的话，就知道了她的去处。他们非常愤恨，于是便灌醉了马夫，从行囊中搜出了那封信看。只见上面写着："生了一个继承王位的王子，我在等您回来。"魔鬼三兄弟把那信给换了，写成："生了一个牛头人身的怪物，你看怎么办？"

马夫醒来后就匆匆地上路了，赶到国王闭关静修的地方，把信呈给了国王。国王打开信见上面写着："生了一个牛头人身的怪物，你看怎么办？"心情很沉重，不知道发生了什么事，写了一封回信："不论怎样，不要难过，等我回来。"

马夫带上信赶到那座桥时，那三个兄弟又在喝酒等他。这个酒鬼一看见酒就不顾一切地喝了起来。马夫醉后，魔鬼三兄弟从他的包裹里取出信换成了另一封，上面写着："你这个没心没肺的坏东西，快扔了孩子，滚出去！"

马夫醒来后带着信回到了宫里。王妃打开信一看，感到很悲伤，不知道国王为什么这么恨自己，只好骑着家里送的那匹白马，带着孩子流落他乡。

当她赶到一片荒原时，白马开口说："女主人，你把我杀了，把皮子在地上撑开，四蹄放在四周，骨头堆在中间，鬃毛撒向八方，心、肝、肺、眼珠子混在一起，会有好处的。"

她怎么也不忍心这样做,可那匹白马自己倒在地上死了,她就按马说的那样一一做了。过了一夜,她被四面很高的围墙围住了,围墙四面绿树成荫,有四座四角楼房,正中间是一座殿堂,院子里还流淌着一眼清泉,库房里应有尽有。这样,她和孩子就住在了这里。

过了些日子,国王结束修行到这儿散步时,看见了这座以前没有的赛过神殿的房子,心中很诧异,进去仔细看时,没想到竟见到了自己出走的妻子,一时悲喜交加。两人互诉衷肠,最后才知道是场误会,便重归于好,过上了幸福美满的日子。

魔鬼三兄弟还抱着害人之心,装扮成三个商人来到这儿,说是有上好的绸缎要卖。但是王妃认出了其中最小的耳朵上有个记号的那个家伙,并偷偷告诉了国王。国王派人在大堂中挖了一个很深的坑,上面盖了一层毡,然后把他们请了进来。魔鬼三兄弟一下子掉进了坑里,国王立即派人用石头填平了坑,并在上面建了黑白等九色佛塔。

德觉桑布听到这儿,禁不住问道:"有没有惩罚那个贪杯的马夫?"话一出口,如意宝尸又"噗哒"一声飞回寒林坟地去了。

贰拾叁　持心姑娘

德觉桑布返回寒林坟地背着如意宝尸往回走时，如意宝尸又讲了一个故事。

从前，在一个叫甘庶盛的地方住着一对农民夫妇。这对夫妇有一位聪明伶俐、漂亮能干的姑娘。她有一副好嗓子，唱起歌来嗓音像女神央金玛①奏响的乐器一样美妙动听。她平常喜欢在山林中打柴时唱歌，就是离得再远也能听清她在唱什么。听到她的歌声，父母心里很高兴。

一天，国王朗赞还未成亲的儿子到山上打猎，从很远的地方就听见一位姑娘在森林中唱歌，觉得那歌声像嘎拉邦嘎鸟儿鸣叫一般动听，就想道："我一定要过去对这位唱歌的姑娘说上三句话。"便向歌声传来的方向走去。王子见到姑娘十分惊奇，想道："这姑娘不仅美如天仙，而且唱起歌来像嘎拉邦嘎鸟儿一样动听，说不定是林中仙子呢！"

---

① 央金玛，佛教之诗歌音乐女神，手持千弦琵琶。

之后，王子也唱了一首歌。他俩就这样彼此对唱，把心中的秘密都告诉了对方。王子很喜欢这姑娘，姑娘见王子不骄不躁，而且仪表堂堂，也很喜欢他。

从此，王子经常到那对农民夫妇的家里和他们的女儿一块儿唱歌、跳舞、玩耍，农民夫妇也很喜欢这个王子，时常给他敬献美酒。这样，时间久了，两个年轻人便结下了深厚的友谊。

这时，国王朗赞给王子迎娶了一个四方国王的公主。王子根本就不喜欢这个公主。这个公主既不会唱歌，又不会跳舞，只喜欢吃点肥肉，喝点青稞酒。王子的心里常常想念着那个农夫的女儿。农夫的女儿虽无华丽的衣服，却有着箭一样笔直的身材；脸上虽然没有涂脂抹粉，却白里透红，十分可爱；虽无美妙的乐器伴奏，却有着嘎拉邦嘎鸟儿一样动听的歌喉；尤其是翘起的嘴角微微一笑，眼睛也好像在笑着，十分动人。

王子想到农夫家中嬉戏玩乐，但自娶了那公主，父王、母后便不让他走出宫殿。这样，他更不喜欢那公主了。那公主经常跟他顶嘴，十分蛮横，他说一句，她就顶两句，就像是俗话说的"女人一唠叨，日子就变长"。这样，随着一天天、一月月、一年年的逝去，王子的心里很悲伤，脸上黯然无光，身体一天比一天差，最后竟死去了。

农夫的女儿还不知道王子已经死了，每天都盼望着和王子相见。二月龙抬头时，她想王子可能要来，但又没来；四月燕子归来时，她想王子可能要来，但又没来；十五的月亮升起时，她想王子可能要来，但又没来。她就这样连年累月苦苦地等待着王子。每当十五的月亮升起时,她总是觉得王子要来,就一直等到月亮落下去。

一个十五的晚上,月亮很圆很亮,姑娘想今晚王子一定会来,就一直等着。

忽然,月光下一个人轻轻地敲响了门。姑娘激动地想一定是王子来了,跑去开了门。真是王子!唉呀呀,王子脸色苍白,穿着一件毫无装饰的白衣服站在门口。她高兴地抓住王子的手,把他请进屋里,倒了一杯青稞酒让他喝。王子说了声:"好香啊!"就一口喝了下去。

她觉得有点不对劲,就问:"以前,王子容光焕发,喜欢热闹,今晚却面色灰暗,十分悲伤,这是为什么呀?"王子说:"你跟我来就知道是怎么回事了。"

姑娘跟着王子来到了宫殿附近。宫殿里传来了一阵阵鼓和铙钹的声音,姑娘就问王子:"这是在干什么呀?"

王子说:"你难道没有听出来吗?这是在为我做法事。"

"为什么做法事?是不是你的父王去世了?"姑娘又问。

接着王子很悲伤地把自己的遭遇详细地讲给姑娘听。姑娘很伤心地哭了起来,王子也不由得抽泣着,就这样他俩像小孩一样不停地哭着。也不知过了多久,天快要亮了。他俩就一块儿向姑娘的家里走去。走到家门口,姑娘请王子进屋,王子却说:"现在天快亮了,我只有回去。下个月的十五晚上咱俩再次相聚。"一阵风声过后,王子便消失得无影无踪了。

姑娘又急又伤心,一下子晕了过去。当她醒来"王子、王子"地叫唤时,却没有听到王子的应答声,就忧伤地返回自己的卧室等着下个月的十五晚上再次相聚。

从此，每月的十五晚上，王子如期到她身边一边喝着青稞酒，一边唱着歌、跳着舞，天快亮时，又了无踪影。

一个十五的晚上，王子像以前一样如期赶来了，姑娘说："我很高兴每月十五日能见到您，但不能时刻见面却令我悲伤。"

王子说："只要你对我真心诚意，只要你意志坚定，我俩就能长相厮守。"

"即便是斗转星移，也不能改变我对你的真心。若是能和王子您长相厮守，即便是粉身碎骨，我也愿意！"

"那么，在四月十五晚上月亮升起时，你往南去，在一逾缮那①的地方有个喝着滚烫的铁水却说'口渴'的铁人，你给他一袋青稞酒；继续往前走，再过一逾缮那的地方有两只羊在打架，你给那两只羊一些饲料；继续往南走，再过一逾缮那的地方有三个全副武装的人，你给他们一些肉；继续往南走，再过一逾缮那的地方有一座黑房子，里面积满了人血，门前挂着人皮的旗子，两个血红发辫的阎王喽啰守卫着，你给他们一盆血；进入那房子，有一个八个咒师围着的坛城，坛城的边上有八颗旧心脏和一颗新心脏，八颗旧心脏会说：'带我走！带我走！'新心脏会说：'不要带我走！不要带我走！'你不要理它，鼓足勇气，毫不犹豫地拿上那颗新心脏，然后不回头地跑。若能得到那颗新心脏，咱俩就能长相厮守了。"说完，刮

---

① 逾缮那，古印度计程单位，一逾缮那约有二十千米。

起一阵风,王子不见了。

四月十五晚上,姑娘准备好一切,便鼓足勇气向南走去。在她按王子说的取了那颗新心脏揣在怀里不回头地往回逃时,咒师们追上来喊道:"红发阎罗,心脏被偷了,快捉住!"

两个红发阎罗说:"这位姑娘给我俩献了血祭。"放行了。

姑娘继续不回头地逃到三个全副武装的武士跟前时,咒师们追上来喊道:"快捉住那姑娘,她偷了心脏!"

那三个全副武装的武士说:"她给我们献了肉祭。"又放行了。

姑娘又逃到两只羊的跟前时,咒师们喊道:"那位姑娘偷了心脏,快用犄角抵她!"

两只羊说:"她给我们献了饲料。"也没加阻拦。

姑娘又逃到铁人跟前时,咒师们喊道:"铁人,那位姑娘偷了心脏,快打死她!"

铁人说:"这位姑娘给了我一皮袋青稞酒,我不能杀她。你们让我喝滚烫的铁水,应该杀你们!"说着用铁锤把那八个吃人心的咒师给打死了。

姑娘拿着心脏回到家里时,太阳刚刚升起来。王子容光焕发,身着精美华丽的半月形披风在等着她。

故事讲到这儿,德觉桑布说:"那姑娘终于如愿以偿了!"话一出口,如意宝尸"噗哒"一声又飞回了寒林坟地。

贰拾肆　三位能干的姑娘

德觉桑布见如意宝尸又从自己背后的百纳皮袋中"噗哒"一声飞走了，非常后悔自己容易被那些奇特的故事迷惑住而失了口，心里发誓这次一定要按龙树大师的嘱咐不开口说话。

他又回到寒林坟地，直接走到檀香树前，举起月形斧子做出砍树的样子，如意宝尸便乖乖地爬下树钻进了百纳皮袋中。德觉桑布缚紧口袋，背在身上往回走。走了一会儿，如意宝尸又讲了一个故事。

从前，有母子二人，母亲名叫玉华拉姆，儿子名叫洛珠坚参。母子二人靠给别人解梦、算卦过日子，当地的人们都说他俩具有神通。国王也很器重这母子俩，遇到什么难办的事，总要请教这母子俩。

一天，洛珠坚参被国王请去解梦。国王详细地讲了自己的梦，问是吉兆还是凶兆。他只是笑了一声，没作回答。国王连连追问，他还是没作回答。国王很愤怒，派他去罗刹国取罗刹王的头发，如果取不到罗刹王的头发，就要杀头。

小伙子回到家里将情况全部告诉了母亲。母亲又急又担心,说千万不能去罗刹国,因为她知道没有人能去罗刹国,即便去了,也只能被罗刹王活活地吃掉。虽然这样,儿子还是坚持要去罗刹国,不愿为国王解梦。

第二天,小伙子告别母亲一个人去了罗刹国。走了好多天后,他到了另一个地方。他向一个老阿妈求宿时,老阿妈说:"孩子啊,你赶快离开这里,这里不能久留!"

他看见老阿妈的脸上露出了一种绝望的表情,知道有什么难言的事,就问:"这是为什么呀?老阿妈,您为何这般绝望?"

老阿妈说:"你是外乡人,所以不知道这儿的情况。今天又到了献祭的日子,妖魔要吃小孩了。现在不知道谁家的孩子又要倒霉了!"

他说:"老阿妈,您别怕,今晚我要为你们除害!不管是什么样的妖魔,我都不怕!"

那天晚上,他就住在了老阿妈的家里,吃饱喝足之后,就拿着乌尔朵[①]等着。一会儿,天刮起了一股很大的旋风,之后来了一个又大又黑、两眼如火的庞然大物。他用乌尔朵打中了怪物的额头,打掉了它的一颗眼珠子,怪物惨叫着逃走了。

第二天,老阿妈见他这么有法力,说:"孩子,你是不是观世音菩萨的化身?如果可以的话,你就一辈子住在

---

① 乌尔朵,藏语,指抛石器。

我们这儿吧，不然也得住上三个月。"

洛珠坚参说："老阿妈，非常感谢您，我不能在这里住一辈子，也不能住三个月，我要到罗刹国取罗刹王的头发，这很重要，我就住上三天吧。"

这样，他只待了三天。他没带老阿妈送的任何东西，只带着那个怪物的眼珠子上路了。临走时，老阿妈说："你是个勇敢的人，我祝愿你成功！你回来时一定要经过这儿，我要把我的女儿许配给你。"

小伙子向西行走了好多天，又到了一个地方。他向一个老阿妈求宿时，老阿妈说："快到别的地方去，妖魔要来吃人肉！"他说他不怕妖魔，有降伏妖魔的本领，晚上就住了下来。晚上，正如老阿妈所说，来了一个浑身是毛的怪物。他抽出刀子砍断了那个怪物的尾巴，那个怪物惨叫着逃走了。

第二天，老阿妈见他有制伏妖魔的本领，十分高兴，请求他在这里住上一段日子。他道了谢，没有住下来，说要去西方罗刹国取罗刹王的头发。老阿妈认真地说，回来时一定要经过这儿，她要把自己的女儿许配给他。他答应了，只带着自己砍下的那条尾巴上路了。

走了好多天后，他终于到了罗刹国。那里，他看见罗刹们来来往往，也隐隐约约地看到了他们头上的犄角，但是还不知道罗刹王住在哪里，就混进一帮小罗刹中间玩。他们中间有一个非常凶狠的小罗刹，别的小罗刹被他打得哭个不停，他像是个霸王。

洛珠坚参悄悄地问一个哭着的小罗刹："这个凶狠的

家伙是谁的儿子？"

小罗刹回答说："听说他是罗刹王的儿子。"

他就悄悄地跟在那个凶狠的小罗刹后边，到了罗刹王的宫殿，藏进了伙房里。这时，罗刹王走进了宫殿。他一进门就问："哪来的人味？是不是有人来过这儿？"他的声音如同雷鸣，震得土从房梁上"沙沙"地落下来。

他放出一只独眼秃鹫去搜寻。独眼秃鹫直接走进伙房来，快要找着他时，小伙子扔出那颗被他用乌尔朵打下的眼珠子，秃鹫惊慌失措地逃走了，没敢回来。

罗刹王又放开一条没有尾巴的老狗去搜寻。待那条老狗走近时，他扔出上次砍断的那条尾巴，老狗惨叫着跑开了。原来秃鹫和老狗是罗刹王的两个得力的魔臣，由于上次被他制伏了，才不敢伤害他。

晚上，等罗刹王睡着后，小伙子蹑手蹑脚地潜进罗刹王的卧室，一下跳过去按住罗刹王的脖子，抽出腰刀架在脖子上做出要砍头的样子，吓得罗刹王连连讨饶，最后答应把自己的女儿许配给他，并送了他两根头发。

小伙子带着罗刹王漂亮的女儿和两根头发上路了。原本要走一个月的路程，只走了一天就赶到了。来到上次砍下妖狗尾巴的地方时，老阿妈见他真的带着罗刹王的头发回来了，就把自己的女儿嫁给了他。

他带着两位姑娘上路后，很快就到了上次打下妖鹫眼珠子的地方。老阿妈见他真的拿回了罗刹王的头发，就把自己的女儿嫁给了他。

他带着三位漂亮的姑娘回到家时，他的母亲高兴得不知怎么才好，但有些不好意思地对三位漂亮的姑娘说："姑娘们，咱们的房子这么小，生活又不宽裕，就怕你们要受苦了。"

其实，这三位姑娘都不是凡人，一位是罗刹王的女儿，一位是神仙的女儿，一位是龙王的女儿。在她们的祈祷下，第二天这个地方就矗立起了一座胜似仙宫的大房子，他们就住在里面过上了幸福的生活。

小伙子把罗刹王的头发献给了国王。国王说："我要验证一下这是不是罗刹王的头发，如果真是罗刹王的头发，就能绕住大山。"国王把那两根头发扔过去时果然绕住了大山。

国王因此很害怕，不免想道："这家伙既然能弄来罗刹王的头发，要是有一天抢我的王位怎么办？一定要除掉这家伙！"就说："你取来的虽是罗刹王的头发，但还不够！你要在一天一夜之内为我修一座新的寝宫，要是做不到，我就要惩罚你！"

小伙子回去把这事告诉了罗刹女。她说："不用担心，今晚你把我们带来的一把黄土撒在宫殿周围就行了。"小伙子按罗刹女说的做了，果然矗立起了一座很大的新房子。

国王见状更加害怕，心想无论如何都要把这个人给除掉，就说："房子修得不错，但周围还要有树木、小湖，树上要有鸟雀，湖里要有金鱼。不然，我要按王法严惩！"

小伙子回去把这事告诉了仙女和龙女。她俩说："不用怕，把我们带来的种子、羽毛、净水、草粒撒到房子周围就行了。"他按她俩说的做了。果然，房子周围绿树成荫，鸟雀欢叫；草坪上小湖点点，金鱼在里面游来游去，十分宜人。

国王领着大臣们出来观赏时，看见湖中有一个闪闪发光的东西，以为是什么宝物，就跳进去打捞，结果国王和大臣们一起沉入湖底淹死了。

后来，大伙儿推举洛珠坚参做了国王，迎进了宫里。

有一天，小伙子坐在宝座上，罗刹女、仙女、龙女围坐在他的周围。他突然看了看左右，大笑了一声，对母亲说："国王的梦已经圆了。那时怎能讲出来呢？要是讲了，我就会掉脑袋的！"

故事讲到这儿，德觉桑布已经到了龙树大师的修行处。他一高兴，竟把以前吃过的苦头给忘掉了，说："这小伙子真是个勇敢的人！"

话一出口，如意宝尸又飞回寒林坟地去了。但是由于如意宝尸已经进了修行洞，见到了龙树大师，飞走时落下的几根头发变成了金子和银子，于是传说从那时起，人间就有了金银。

这时，龙树大师高兴地对德觉桑布说："只要有坚强的意志，就能成就大事业。你已经完成了任务，回家去多做一些有益众生的事吧！"

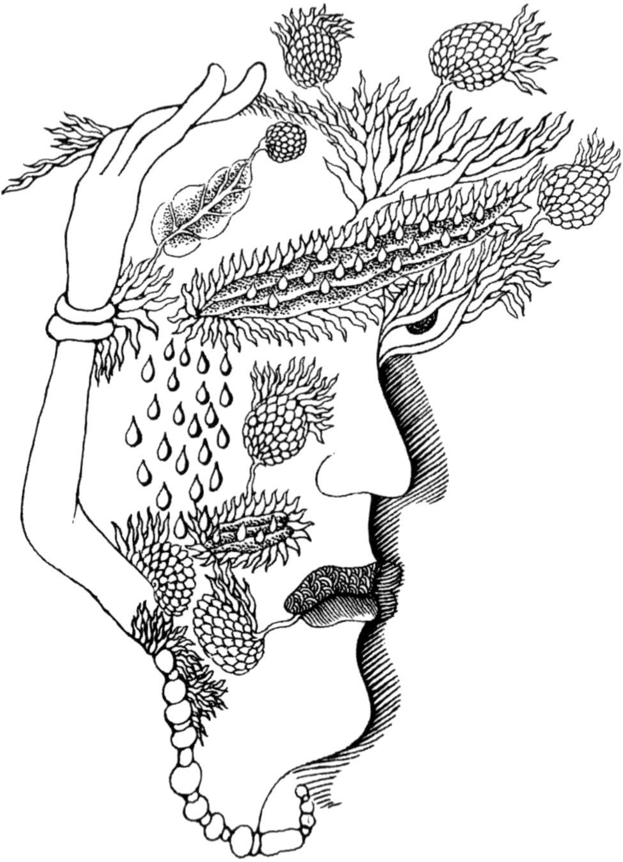

好人自有好运